GOBOOKS & SITAK GROUP©

GOBOOKS
& SITAK
GROUP©

三日月書版

三日月書版

輕世代
FW213
PHANTOM AGENT
novel. 胡椒椒
幽靈代理人
illust. 霞野るきら
KEEP OUT
POLICE
三日月書版

幽靈代理人
KEEP OUT
KEEP OUT
KEEP OUT
KEEP OUT

PHANTOM

CONTENTS

AGENT

KEEP OUT

PHANTOM
AGENT
主角
characters
人物介紹
有沒有搞錯啊！想找凶手復仇為啥要找我！？
又不是我害的，白痴鬼！
●年齡：17
●身高：172cm
高中生，不良少年，
正處在叛逆中二期，
外表凶暴，但其實容
易心軟。

死鬼
PHANTOM
AGENT
我想請你幫忙。
奉勸你先考慮清楚，我不習慣被人拒絕。
●年齡：未知
●身高：184cm
生前是警察，精英分子，自視甚高，最常見的表情是面無表情，或是帶有優越感的冷笑。

PHANTOM
AGENT
蟲哥
characters
人物介紹
組長死後，我往上頂替了他的位置，現在
唯一的目標就是要揪出琛哥！
●年齡：28
●身高：189cm
警察，死鬼學弟，個
性陽光開朗愛笑，有
點糊塗。

幽靈代理人

PHANTOM

Chapter 1

死鬼的私生子

AGENT

「你一定要做得這麼絕情？」我咬牙艱澀地問。

死鬼就站在我面前，一臉冷酷，陌生的樣子讓我心寒。

以往我們同甘共苦建立起的牽絆與信任，已經灰飛煙滅、不復存在。我從沒想過，我們會有為敵的一天，就算是現在，依然不能相信要對我痛下殺手的人會是死鬼。

「抱歉。」他面無表情地道，舉起手中的凶器對著我。「再見了。」

我閉上眼睛，無法面對這殘酷的事實。死鬼的手扣下命運的板機，「嗖」的破空聲淒厲響起，即使閉著眼，也能感覺到那即將奪走我性命的子彈飛來。

一切都結束了。我躺在地上，手中的防身武器滾落地面。我移動手指想再次撿起，但全身已不聽使喚，眼前畫面逐漸模糊。

「你又輸了。」死鬼的聲音輕描淡寫地響起。

我憤憤然睜開眼，將手中的搖桿狠狠往地上扔。「這種過時的遊戲機只有你會玩！不要比 Wii 了！玩別的！」

螢幕上的我趴在地上，身旁是斷掉的網球拍。死鬼剛剛才以六比零、六比零直落二將我剃了個大光頭，連最後的發球分都不願意讓我一下。在這之前，我跟他的電動對戰紀錄是全敗，PSP和手機遊戲都輸給他，甚至連創世神裡的財物也被他偷光了。

死鬼一派輕鬆愜意放下搖桿。「電玩需要的手眼協調及靈敏的反射神經，正好我都具備。」

之前發現他會在半夜偷偷練習之後，我一直防備著他，但現在他又再度打敗我，實在也無法拿偷練這個理由堵他。

「放屁！老子才不相信你說的鬼話咧。」我用力地踢了下搖桿，罵道：「可惡的胖子，都是他拿這爛遊戲給我！還說什麼只要打觸身球包準贏……」

「喔？」死鬼意味深長地看了我一眼。「所以，你剛剛那些球是故意的？」

我趕緊轉頭迴避話題，往地上一坐，假裝挑其他遊戲來玩。「死鬼，你還想玩什麼？PS4你還沒玩過吧？」

「你沒事了？」死鬼面無表情地問道：「昨天發高燒，今天竟如此生龍活虎……」

我將額頭上的退熱貼撕下，準確地投進垃圾桶裡道：「拜託，我還年輕的咧，小感冒隨隨便便就好了。」

「噢嗚！」賤狗發出相當不屑的聲音。

死鬼接著賤狗之後道：「007 的意思是『你這臭小鬼昨天還躺在床上呻吟，現在敢說大話？』。」

「最好牠汪一聲有這麼多含意！」

在這乍暖還寒的時節，我前天便開始喉嚨痛、打噴嚏，但我不以為意，結果晚上發燒到腦子都要沸騰了。死鬼攙扶著全身痠軟無力、頭暈目眩的我去診所看醫生，幸好只是普通流感。

我臥病在床的幾天，死鬼相當盡責地扮演了照顧我的角色，幫我換衣服、擦身體以及應付我各式各樣強人所難的要求。只有一件事讓我不太滿意，他煮的飯實在是讓人難以下嚥，我甚至懷疑他是否存心毒害我。

「你應該要心懷感激。」死鬼針對我的質疑，冷眼看著我道：「這可是我第一次下廚，還是你認為我有廚師執照？」

死鬼的話無庸置疑，我想他一定從來沒下廚過，連鹽巴和砂糖都搞不清楚。

「我才不會做這種無理要求。」我唾棄道：「不過連我煮的都比你好吃，至少不會在粥裡加香草調味！」

「你可以當成那是法式風味……」

「靠，我寧願吃泡麵！」

結束沒營養的爭吵後，我憤憤然拾起剛脫下的睡衣走向陽臺，積了一個禮拜的衣服再不洗就可以拿去當鹹菜醃了。

……咦？我看著空空如也的洗衣籃，疑惑地問死鬼道：「我的衣服咧？」

死鬼愣了一下，道：「我昨天幫你洗了。可是……」

「耶？」我不可置信地大呼，「沒想到你這麼體貼！那衣服咧？怎麼沒看到晾在陽臺？」

死鬼露出微微歉意，指著洗衣機道：「你剛說我才想起來，衣服還在洗衣機裡，忘記曬了。」

「挖靠！這你也能忘？」我趕緊衝向洗衣機，昨天洗好到現在都沒曬的話一定臭得要命。我一打開洗衣機，只見裡頭滿滿的水，我的鮮豔四角褲在水面上載浮載沉。

「你不是說洗了嗎？怎麼這麼多水在裡面？」

死鬼湊過來，疑惑地道：「怎麼回事？不是按『啟動』就行了？」

他一說，我馬上就清楚了，受不了地說：「這臺洗衣機是古董，水注滿後你得按下『洗衣』，洗完後再按『脫水』。你怎麼連洗衣機都不會用啊？」

死鬼挑眉道：「不會用洗衣機不是很正常嗎？」

「……隨便啦。」我也懶得跟他說用洗衣機是身為成年人所該具備的生活技能，死鬼就是那種將衣服全送到乾洗店的紈褲子弟。我認命地將水放掉，重洗衣服。這幾天讓我體認到死鬼無能的一面，不過他本人毫不在乎就是了。

我倒著洗衣粉和柔軟精，心血來潮地想到，他內褲怎麼洗的？應該不會沒常識到也送洗衣店吧？我的腦中浮現死鬼穿得西裝筆挺，蹲在浴室裡洗內褲的樣子……

「哈……哈哈！」

我捧腹狂笑。雖然沒說出口，但死鬼大概猜出我的想法，臉色很難看。賤狗也一臉忿忿不平想要咬我的樣子，不過這是因為我做什麼牠都不爽。

洗衣機發出轟隆聲，我打算利用現在的氣勢乘勝追擊，奸笑著對死鬼道：「我們再玩一次吧！開始覺得手癢了，接下來我一定會贏。」

「若有新遊戲我奉陪，否則我就要去休息了。」死鬼意興闌珊地說。

「你最近很懶耶。」我不滿地說，「該不會是到冬眠期了吧？」

「我想是五月病吧。」

「狗屁啦，現在才二月！」

死鬼最近真的很懶，除了生病那幾天他寸步不離地照顧我，其他時間總是一副散漫的樣子，讓我看了很不習慣。而且他還開始「睡覺」了。平常我睡覺時他都坐在一旁沙發上閉目養神……老實說我不確定他在幹嘛，不過只要我醒來，他都會睜開眼睛問我幾句，但這幾天他都一隻手撐著臉頰睡得很熟。

「不是我危言聳聽。」我語重心長道：「但你再這樣下去會有啤酒肚喔，想想我老爸的樣子你就知道那有多悲慘了。」

「這你大可以放心，我的身體已經沒有任何吸收代謝功能。」死鬼毫不在乎地說，「既然你精神不錯，是不是該去學校了？現在八點，你換個衣服。」

我馬上癱倒在床上，用嘶啞的聲音叫道：「我在生重病耶，這樣去傳染到其他同學就不好了。」

「你怕他們被傳染到蠢病和懶病？的確不妥。」死鬼惡毒地說，「不過我記得沒錯的話，你今天要補考吧？」

我悚然一驚，竟然完全忘記這檔事了。

上學期期末考前一天，蟲哥通知我們，有線報指出青道幫在當天會有交易活動，所以死鬼便出動了。他勒令我待在家裡準備隔天的考試，為了怕我睡過頭還調了三個鬧鐘加手機。

結果我還是睡到中午才起床，而且是被死鬼冷到能殺人的目光叫醒的。醒來後我就體會到房間內數個鬧鐘同時響起是多麼的震耳欲聾，我竟然在這種噪音下睡得口水流滿枕頭。

後來，老爸好不容易說服學校讓我補考。補考日期被我找藉口一延再延，學校終於放話，再不去就讓我退學。今天就是最後的補考機會了。

「真麻煩，我去補考也是交白卷啊，幹嘛硬要做個形式，直接讓我過了不是很爽快嗎……」我邊換衣服邊抱怨道。

「這個形式是為了避免學校的權威被踐踏，非做不可的。」死鬼懶洋洋道。

「死鬼，你真是不夠意思！」我踏出校門時氣沖沖罵道。

我的補考順利結束了，我也如預料中交了白卷。讓我不滿的是死鬼，在考試時我想讓他幫忙做幾題，他竟然充耳不聞。

「我上次就說過了，僅此一次，下不為例。」死鬼毫無罪惡感地說。

「可惡，你要是不幫忙作弊還有什麼用處？拖油瓶！」

「反正你也不在乎成績，不會被退學就好了。」

死鬼說得對，不過我就是不爽。「老子要去找我哥兒們打撞球，你別打擾我啦，回家找賤狗玩。」

「我有義務盯著你，省得你為非作歹。只要你不偷不搶不吸毒，我就不會干涉你。」死鬼擺得一副正義凜然的樣子。

「靠，你又不是我老媽，管這麼多。」

「痛死了，剛剛竟然被那龜孫子K到。」我摀著嘴道。

死鬼嘆氣道：「你還真愛打架，為何沒事就愛自找麻煩。」

「是他們找我麻煩！」

我閉上嘴。臉有些腫了起來，口腔內側也咬破了，嘴張大點就會痛，看來今天是不能吃勁辣炸雞了。剛剛去找胖子他們時，好死不死在路上遇到個學校裡的死對頭，他也帶了一大批人馬。我們狠狠幹了一架，直到條子來了才一哄而散。

「這次是你運氣好，別以為每次都能走運。」死鬼嘲諷地說，「那樣一拳都無法閃過，還來不及咬緊牙關，真不曉得你在學校地位是從哪來的。」

「我的江山當然是我一拳一腳打出來的啊！你少在那邊只會出張嘴！還有，我警告你別再插手，剛剛第一個是你拉了他一把吧？不用你插手我也能打贏。」我吐了口混血唾沫道。

「先去洗洗你的嘴，血都流出來了。」死鬼顧左右而言他道。

我走進速食店的洗手間，擰開水龍頭彎下腰就沖嘴巴，強勁的水流沖得我傷口隱隱作痛。

「真衰，今天果然不該出門的。」我接過死鬼遞來的紙巾擦去臉上的水滴和血跡。

「碰到那幫人害我現在鬱卒得要命，我決定要吃一堆炸雞痛到死算了！」

死鬼嗤笑道：「那也要店員願意賣給你，剛進來時他們就像見到想鬧事的小太保，說不定已經報警了呢。」

「北七喔，怎麼可能。」

我走出洗手間到一樓櫃檯點了個炸雞桶，只見店員若無其事地結了帳，到後面廚房時卻和其他人竊竊私語、對我比手畫腳。為了炸雞，我只能忍住想要暴走的衝動。

「把拔！」

突然一個小孩的聲音尖聲叫道，我便很自然地看過去，想瞧瞧是哪個沒家教的小鬼在公共場所玩瘋了。

一個穿著粉紅色上衣、牛仔褲和會嘰嘰叫的發光鞋子的毛頭小鬼站在速食店門口，一臉泫然欲泣地看著……我旁邊的死鬼，因為她的視線明顯高出我的頭頂，所以我能肯定，她看的人是死鬼。

她見得到死鬼？

一直以來，能見到死鬼的就只有像琛哥這種道行很高的人，要不就是……

我用唇語問道：「死鬼，這小鬼是人嗎？」

「她不是人是什麼？猴子？」死鬼奇怪道。

小鬼再度叫了一聲：「把拔！」接著，她邁開兩條小短腿直朝死鬼奔來。

我張大著嘴巴，看著她努力擺動短腿跑過來，還打開雙手要抱抱的樣子。

想當然耳，在這種公共場合死鬼是不會實體化的，所以那小女生就直接穿過了死鬼的身體，一鼻子撞在我腿上。

她坐倒在地，一臉疑惑看看死鬼再看看我，然後整張臉皺成一團，開始嚎啕大哭：

「哇，把拔……把拔……」

這時我才回過神來，這小鬼叫死鬼爸爸？我看向死鬼，以眼神詢問他這是在演哪齣戲。

死鬼也一臉莫名其妙：「認錯了吧。不過我想你應該先想辦法讓她閉嘴。」

我抬頭一看，發現全店的客人都一臉鄙夷地看著我。

小鬼越哭越厲害，客人們的耳語也肆無忌憚越發大聲，還有人故意大聲說「唉呦，這爸爸怎麼回事啊」或是「真是不負責任」之類的。

天殺的，他們不會以為我這個青春洋溢還是處男的高中生是這小鬼的爸爸吧?!

我能想像我的臉色現在八成跟地板一樣死灰，慌張地搖手：「我不是她爸爸！」

死鬼一把揪住我道：「先帶她出去，你解釋只會越抹越黑。」

周圍的視線刺得我毛骨悚然，不得已只好僵硬地蹲下，硬扯出個微笑，嘴角抽搐著道：「小、小妹妹，葛、葛格帶妳出去好不好？」

小鬼頭一甩，看著死鬼繼續哭道：「我要把拔，不要蜀黍啦！」

……叔叔?!我緊咬著牙關，才沒讓髒話飆出來。

死鬼瞪了我一眼，蹲下對小鬼道：「我們出去，我牽一邊哥哥牽另一邊好不好？」

小鬼終於妥協，抽抽搭搭地讓我和死鬼一人拉著一隻手將她拖了起來。

我趁她沒注意，一手拎起炸雞桶，一手夾住她，火速逃離現場。狂奔至離速食店三百公尺開外，我才敢把她放下來。小鬼一路哭叫，眼淚鼻涕擦得我的衣服都是。

「哇……把拔……」她撲向死鬼——想當然又撲了個空，我看了都覺得死鬼有些冷血，幹嘛不哄哄她？

死鬼蹲下，難得和顏悅色的對小鬼道：「妳認錯人了，我不是妳爸爸。」

「你……是把拔，馬麻……說的。」小鬼抽著鼻子說道。

「媽媽在哪裡？」死鬼耐心地問。

小鬼伸出一根短短的手指彎曲著，道：「死翹翹了。」

她天真無邪的樣子顯示出，她還不知道「死」是怎麼一回事。頓時，我覺得這小鬼觸及了我心裡柔軟的部分，鼻酸著道：「小美眉，馬麻是留遺言交代妳來找把拔的嗎？」

小鬼嘟起嘴巴，氣呼呼地看著我說：「我是男生，不是女生。」

我愣了一下，偷覷死鬼。他微蹙著眉小聲道：「我看不出來。」

這年紀的小孩子都長一個樣，掛著兩條鼻涕一身奶臭味，我是看他穿著粉紅色衣服才認定他是女生，不過他的頭髮倒是沒像一般小女生一樣留長紮了兩支沖天炮。

「你是男生？」我再問。

小鬼用力地點點頭：「我有鳥鳥。」

然後他便想脫褲子向我們證明，我趕緊阻止他脫下海綿寶寶小褲褲，邊嘟囔道：「那你幹嘛穿粉紅色啊？那是女生……」

看那小鬼又要變臉的樣子，死鬼迅速制止我說下去。「小弟弟，很遺憾，我並不是你爸爸。你是怎麼出來的？有人帶你嗎？」

小鬼比手畫腳、口齒不清道：「阿姨說吃飯，我就吃飯，然後阿姨不見了，我就去看狗狗，然後……」

我對死鬼道：「我帶他去警察局吧，說不定他阿姨已經開始找人了。」

「不要！」小鬼尖聲叫道：「我要把拔！」

死鬼嘆了口氣：「我不是你爸爸，說不定警察叔叔可以幫你找爸爸。」

「馬麻說你是把拔！」小鬼不屈不撓地說，伸手往褲子口袋裡東摸西摸，掉出一堆糖果紙和小玩具，還有顆吃一半黏滿棉絮的糖果。他撿起糖果看了看，又想塞回嘴巴。

我趕緊一把搶走，暗罵這小鬼真髒，邊從口袋掏出爽口糖給他：「這髒髒不能吃，葛格給你更好吃的糖果。」

小鬼接過爽口糖繼續掏他的口袋。他拿出一張折成小小的紙遞給死鬼：「看！」

死鬼攤開那張紙撫平，原來是張照片。照片被折得破破爛爛的，磨損得相當嚴重。

而照片上的人，雖然臉上還有摺痕，但一看到我馬上就知道是誰了。

「死鬼！這人是你耶！」我驚呼。

「馬麻說是把拔的照片。」小鬼在一旁得意說道。

「你竟然能從這張照片看出是我，我應該要佩服你的眼力嗎？」死鬼斜眼看我。

「雖然照片不太清晰，不過我覺得很像你啊。」我拿著照片比對著死鬼的臉，「你看，臉的輪廓和脖子都很像。話說這照片為什麼臉的地方特別模糊？」

小鬼道：「因為馬麻一直摸，都掉了。」

我能想像小鬼的媽媽一定含辛茹苦地養大孩子，每晚只能看著這唯一的慰藉以淚洗面。

我不禁悲從中來，哽咽地對死鬼說：「太好了，死鬼，你失散多年的兒子終於找到了。」

「照片上的人不是我。」死鬼冷靜道。

「這一定是你，我不可能認錯。」我將照片遞到死鬼眼前。

死鬼仔細端詳著，臉上出現了一絲驚訝：「這……的確有些像是我。」

「是吧！」我轉向小鬼：「你馬麻叫什麼名字？有照片嗎？」

「馬麻就叫馬麻，沒有照片。」小鬼茫然地說。

我賞了死鬼一個白眼：「看來只能靠你的記憶，你快想想對誰始亂終棄了。」

「白痴。」死鬼嘴上說著，但臉上表情也出現了動搖。「我從沒做過這種事，如果對方因為我懷孕，我一定會負責到底的。」

「你仔細想想，一定有那種氣氛正好、雙方都意亂情迷的時候吧？一時天雷勾動地火，於是就忘了做好防護措施。話說回來，這小鬼幾歲啊？」

「四歲。」小鬼伸出五根手指頭。

「就假設他四到五歲好了。那時期你認識什麼候選人嗎？」

死鬼想了想，道：「太多了，不確定。」

「我操！你這負心漢！」

「別玩了。」死鬼嚴肅道：「只憑一張照片並無法證明什麼，我能確定，是這小孩或是他母親誤會了。我想，還是應該送他到警察局，找到他現在的監護人說明。」

「哇靠！你想推卸責任?!」我不可置信地說著，「你真冷血，他八成是從寄養家庭或孤兒院逃出來，一定是受盡了折磨想出來找爸爸，你這傢伙竟然敢做不敢當！」

「我做了什麼？」

「你自己心知肚明！」我吼道。

我偷偷看了那小鬼，他睜大了眼睛看著死鬼，一臉企盼的樣子。我不禁為這小鬼的可憐身世感到鼻酸，他媽媽過世了，好不容易找到的爸爸還是個不願認帳的渾蛋鬼。

這小鬼這麼瘦弱，一定是營養不良。我從電視劇看到，在孤兒院裡都疏於照顧，而且小孩子們最會以大欺小，他飽受欺凌又沒飯吃……

我下定決心，握拳對死鬼大聲道：「這小孩你不養……我養！」

「你腦子沒問題吧？」死鬼憐憫地看著我。

「你才有問題！」我回罵道：「你這傢伙根本沒有良心，雖然你已經翹毛了，但身為人父該負的責任還是要扛起。既然我知道了，就不能坐視不管！」

「那麼想要孩子，你自己去生一個好了。」死鬼冷血地說。

「王八蛋！」我轉身面對那小鬼。「葛格帶你回家，我現在跟你把拔住在一起，以後我們就住一起好不好？」

「好。」小鬼開心地說，還伸手牽住了我。

他的手因為摸過糖果而有些黏黏的，但這時我只覺得感動得無以復加。我哽咽道：「其實我一直很想要個兄弟，從今天開始，你就是我弟弟了。」

死鬼無恥地插嘴道：「007 也和你情同手足……」

「小爺才不要一個狗弟弟咧！」

我回家之後就忙著張羅吃的，先餵飽這小鬼再說。

賤狗對新房客沒什麼興趣，走過來嗅了兩下又趴回去睡覺。小鬼倒是非常興奮，拉著我的手不斷指著賤狗說：「狗狗，大狗狗耶！」

我讚嘆地摸摸他的頭：「對啊，你好聰明，竟然看得出來牠是狗。」

死鬼一路上保持沉默，我也沒和他說話。雖然剛剛罵了他，但我想突然遇到這種事，他一定很難釋懷，所以才有這種近乎無情的反應，的確是需要給他一些時間沉澱。

我所認識的死鬼並不是會把責任拋諸腦後的人，他應該還在思考之後的事。

「喂。」趁著小鬼跟賤狗玩得不亦樂乎時，我出聲叫住死鬼。「你考慮得如何？」

死鬼眉頭深鎖道：「嗯，我幾乎能確定他不是我兒子。從他的出生年分推算，他母親受孕期間，我正好在國外受訓。難道是那時的……」

「你根本毫無反省之意嘛！隨你大小便啦。」我火冒三丈地去找小鬼，他正坐在地上吃炸雞喝可樂，搞得一片髒亂。而賤狗趴在一旁把我的份全吃了，連雞骨頭都沒剩。

我認命地收拾滿地狼藉，死鬼始終沒說話，但那眼神就像在說「別自不量力了，笨蛋！」我心中充滿對他的唾棄，甩也不甩他。

小鬼睡午覺時，我翻箱倒櫃找他能玩的遊戲片，手機突然鈴聲大作。

我趕緊接起電話以防吵到小鬼，對著電話就罵道：「哪個王八蛋這種時間打來？你不知道現在是睡午覺時間嗎？」

電話那頭似乎是被我的氣勢震懾住了，囁嚅了老半天才道：「我不知道你在睡覺嘛。」

我愣了一愣，這聲音是……「蟲哥！」

「年紀輕輕就整天睡覺，不好。劈頭就罵，害我還以為接電話的是組長咧。」蟲哥的聲音聽起來餘悸猶存。「不過組長不會這樣大聲罵人，而是平靜冷淡地數落，這種的更恐怖……」

「幹嘛？要叫我去收驚還是驅鬼？」我沒好氣問道。

「啊，對了！」蟲哥這時才突然想到正事似地大叫，「我要跟你說，事情不好了！組長在嗎？」

我覷了死鬼一眼，然後按下擴音鍵。

「局裡剛剛接到個有如晴天霹靂的消息，現在上下都亂成一團了。」蟲哥語氣凝重地說。

死鬼不以為然地挑眉，很清楚他過去的條子同僚沒事也能大驚小怪。他對著手機淡淡道：「快說重點。」

電話那頭傳來劇烈的碰撞聲，像是有什麼笨重的東西掉到地上，應該是蟲哥。

果然，一陣窸窣的聲音之後，蟲哥慌張地問：「我聽到組長的聲音了，該不會是我幻聽吧？剛剛是誰說話啊？」

我甚至可以想像蟲哥在說這話時白痴的表情，很好心地向他解釋了原委。

「原來是這樣啊。」蟲哥尋思道：「鬼魂的能量竟然可以被機器捕捉到，這就說明了為什麼會有靈異照片和影像了。」

「你有事報告？」死鬼不理會蟲哥的驚訝。

「這……這……」蟲哥支吾了半天，「這實在很難三言兩語講清，我現在過去！你們都在家吧？」

還來不及應話，蟲哥便匆匆掛了電話。

我愣愣看著電話。「看來這次真的事情大條了。」

死鬼不置可否哼了一聲，似乎還是覺得蟲哥小題大作。我扔下電話，開始動手收拾房間。

「你也會為自己的髒亂感到羞於見人？」死鬼諷刺道。

「才不是咧。」我將遊戲片一股腦地塞進電視櫃裡，「這些大半都是從蟲哥那裡A來的，我還沒玩夠，怕他觸景傷情。」

Chapter 2

不能說的祕密

掛掉電話不過二十分鐘，蟲哥便到了。他「砰」地撞開大門，風風火火闖了進來，嘴巴直嚷嚷：「組長，不得了了，事情大條了！」

蟲哥見屋內只有我和賤狗，東張西望問道：「組長在嗎？」

「在我旁邊。」

蟲哥恭敬地行了個禮，雖然看不到但方向相當準確，然後又故態復萌地大聲叫：「你們快來看看這個……那是什麼？」他指著我的床，那小鬼袒著肚皮呼呼大睡。

「你不要太驚訝。」我先讓他先做好心理準備。「那是死鬼失散已久的兒子，雖然他不承認。」

蟲哥張大嘴巴，表情非常誇張道：「組長?!他什麼時候有孩子了？」

「這就說來話長了……」

死鬼冷淡的聲音插了進來：「那就別說，你們要做什麼聯想都行，不過你來是有要緊事的吧。」

蟲哥雖然聽不到，但對於死鬼的怒氣相當敏感。他支吾道：「也、也對啦。」然後小聲跟我說：「我想那一定是組長年少輕狂鑄下的大錯，你可不要學，四處留情看起來帥，其實很渣……」

「我可不是這種人。」我啐了一口。

蟲哥礙於死鬼在場不敢說太多廢話，從外套裡拿出個紙包：「是今天收到的，我好不容易才從證物室偷出來。」

他手上拿著一張光碟，上面印著個藍皮膚的人，大大的標題寫著《啊凡達2》。

「還不就是盜版片？大驚小怪……不過可以等我看完再拿回去嗎？」

「不是啦，我是拿沒收的片子拷貝的，原本就沒內容了。」

我接過光碟片準備放映：「這該不會是什麼殺人實錄吧？如果太噁心我不看喔！」

「你之前不是才看《活人牲吃》看得很開心？那裡面可是血肉橫飛。」死鬼冷笑道。

「不一樣啦，那是惡搞的啊。」

蟲哥一臉痴呆地看著我演獨角戲。

死鬼見狀長嘆了聲。「我用電話直接溝通，省得等一下你擔任傳話時詞不達意。」

我對蟲哥道：「死鬼叫你打電話，你們用電話交談，要不然他說什麼我就要再重複一次，他那種目中無人的語氣我可學不來。」

死鬼對我扭曲他的話似乎感到有些不滿，我沒理會他的白眼，逕自鼓搗著錄放影機。

蟲哥撥了我的號碼，驚訝地看著手機從我的口袋飄出來浮在半空中。

死鬼對著手機道：「可以了。」

我坐在電視機前的地板上，蟲哥瞪大眼睛看著我旁邊的飄浮手機遲疑了半晌，然後坐到另一邊。

本以為影片內容會相當驚世駭俗，不過從頭到尾就只是個人對著鏡頭發表了一篇演說，不過演說內容倒是挺值得玩味的。

不到五分鐘的影片一下子就看完了，我又重新放了一次，確定剛剛所聽到的消息。

「他說的……是真的嗎？」我狐疑問道。

「應該是。」蟲哥嚴肅點頭，「那是青道幫的發言人。今天警局收到了一張這樣的片子，還附了訊息說各大媒體也會收到一樣的東西。我們從貨運公司和快遞追查，好不容易才全部攔截下來。要是這消息公開了，恐怕很難善後。」

「青道幫……要解散？」

方才影片內容，主要重點就是青道幫即將解散，而解散動機以及其他後續處理完全沒有提及。我暗嘆一聲，突然覺得從溫馨的家庭生活回到現實了。

全國最大、所作所為罄竹難書的黑幫……

我與奮道：「這不是一件好事？青道幫要解散耶，對你們條子來說，不是解決很多頭痛的問題？」

死鬼和蟲哥面色凝重，沉默著再看了一次影片。

「事情沒這麼單純。」死鬼道。

我思考了片刻。「不懂。」

賤狗不屑地嗤之以鼻。我頓時大為光火，怒道：「你知道你來解釋啊！爛狗！」

為了緩和我們之間一觸即發的態勢，蟲哥趕緊解圍道：「這個讓我來說好了。其實，我們還不知道青道幫真正的目的。」

「你是說他們在唬爛？幹嘛要這樣做？是琛哥的主意嗎？」

蟲哥立即道：「琛哥目前人在緬甸，兩個星期前就出境了。」

死鬼接著說：「不管如何，他們放了這個煙霧彈可能是為了掩飾什麼陰謀，而另一方面，如果是真的要解散，那接下來的問題才棘手。」

「青道幫的成員，目前警方登記在案有前科的，就有一萬餘人，更別提其他地方和校園組織。檯面下的勢力甚至更加龐大。」蟲哥臉上是難得一見的正經，這時看起來倒是挺有警察架式的。「小鬼，你知道青道幫一旦解散，這些人會怎樣嗎？」

我仔細想了想，道：「呃，應該不太可能改邪歸正吧？」

蟲哥憂心忡忡道：「老實說，他們在青道幫規範之下必須遵照幫規行事，還算是有組織。如果解散，幫裡的長老和堂主一定都想瓜分勢力，而底下在權力尚未劃分清楚之前，為了爭權而起的內鬥會造成難以估計的損失。」

我瞠目結舌：「意思是讓他們有組織的犯罪也比各自為政好處理囉？」

「當然也不能這樣說。青道幫平常經營的大宗是毒品和槍枝販賣，其他如高利貸和人口走私等，這些都是……」蟲哥說到一半突然停止，瞄了自己的手機向死鬼的方向道：「不好意思，組長，局裡來的插播。」

死鬼放下手機。蟲哥講了一會兒之後，站起來道：「組長，局長要開會，我得趕回去了，那片子就留在這裡吧，Ciao～～」

蟲哥話音才落，人已經一腳踏出門外了。

「切，繞什麼英文？怕我聽不懂啊？」我不屑地說。

「那是義大利語。」死鬼吐槽道。

電視螢幕上穿西裝、戴金邊眼鏡的黑道律師發言人定格著，他所念的聲明不過寥寥數字，卻可能在未來掀起滔天巨浪。

「死鬼，你想他們到底在打什麼主意？」我撐著下巴問道。

死鬼坐在地上，背靠著我的矮床。他思忖道：「基本上，我不覺得他們會這樣放棄龐大基業，而這件事是透過誰的命令，也很耐人尋味。」

「啥意思？」

「一直以來，青道幫掌事的人都是琛哥，但我不覺得這是他的決定。第一，他是個權力欲很重的人，從他干涉幫內所有交易這點來看，他不可能做出如此判斷。」

「那第二是？」

「雖然掌事的是琛哥，但如此重大的決策，他沒有權力提出。當然，前提是他們真的要解散。」死鬼把玩著搖控器道：「所以，我想這應該是更高層的決定。」

我仔細想想，琛哥在青道幫算是一人之下、萬人之上，比他更大尾的只有……

「該不會，是青道幫那個神龍見首不見尾的幫主吧？」

「極有可能。」

房間裡陷入沉默。我擔心的並不是青道幫解不解散的問題，而是死鬼。他當初會以這型態回到陽間，是因為警局裡出了內賊，與青道幫串通害死了他。

蟲哥一直默默針對內賊這點進行調查，但毫無斬獲。

不知道青道幫解散這件事，會不會給死鬼帶來什麼影響？

我思考著，看向坐在落地窗旁的死鬼。

此時已近黃昏，橘紅色渲染了半邊天空以及我的客廳。我微微瞇著眼睛，從外投射進來的光線似乎穿透了死鬼的身體，我甚至能看穿他凝神思索的側臉，看到陽臺新生植物的輪廓清楚地浮現。

那瞬間，我有種錯覺，死鬼的身影似乎就要消逝在空氣中了。

「死鬼！」

我不自覺脫口而出，聲音急促尖利得讓我自己都吃了一驚。

用力眨了下眼睛，只見死鬼也是有些錯愕地看著我，臉上滿是疑問，而這時的他看起來相當正常，剛剛那透明得幾乎要不見的樣子已找不著。

「你的眼珠子快瞪出來了。」死鬼輕描淡寫地提醒我。

我衝上前去，伸手就往他身上摸，確定他沒有哪一部分突然消失了。

等到我掐著他的臉頰左拉右扯時，死鬼才慢悠悠地開口：「你在做什麼？挑戰我對你的耐性？」

……好吧，我不否認我的確認動作到後面是某種程度的報復。

我訕訕地放開手，稍微後退些觀察。一切似乎都很正常，死鬼機歪的臉沒變，賤狗依舊趴在旁邊打著盹。

我嘗試著問：「死鬼，要是解散以後失去調查方向，遲遲沒有找到殺害你的幕後主使，這該怎麼辦？你就必須這樣待在陽間嗎？」

死鬼呆了下，臉上綻出個笑道：「這我還真沒想到。」

「白痴喔！你怎麼會沒想到？這應該就跟吃飯一樣不會忘的啊！」我罵道。

「老實說，這對於現在的我來說，已經沒那麼重要了。」

……這傢伙！我比他還擔心咧。我有些火大道：「靠，那你待在陽間幹嘛？享受人生？」

沒等他狡辯，我馬上又開口，決心說出我很在意的事：「死鬼，你聽著，我不知道是否我眼花，但我有種不好的預感。你說你是拿著閻王的黑令旗回來的吧？那期限是多久？」

「那時我們談好的條件是直到我報仇雪恨，不過這並不代表無止境。若是在我找到凶手前就撐不住了，無論如何我都必須回去才行。」

「其實……」我欲言又止，「剛剛，我好像看到你的身體變得透明，但一轉眼又恢復了，真是嚇得我心臟怦怦跳。這是怎麼一回事？跟你最近變得這麼懶有關嗎？」

死鬼笑道：「是你眼花了吧？」

「才不是，我本來也以為看錯了，但越想越覺得不對勁。」我激動道：「你別騙我，你知道什麼就跟我講。」

死鬼收起笑臉，認真道：「鬼魂也是有一定壽命的。據我所知，成為鬼魂後的壽命約莫是陽壽的兩倍，所以我還有很多時間才會變成『聻』。」

「那是什麼？」

死鬼在紙上寫了個我看都沒看過的字，解釋道：「這是鬼死後的稱呼。」

「所以說，你三十多歲死翹翹的，那麼你至少還可以維持鬼的型態至少六十年囉？」

六十年！我都已經七老八十了，真難想像那時死鬼還跟在我旁邊囉哩叭唆的樣子。

「嗯，如果沒遇上意外。」死鬼語帶保留道：「不過，那是指一般鬼魂。我的情況不同，因為得花額外力氣維持實體化之類的，應該無法撐這麼久。」

「那你這一陣子的……」

「那是因為……」死鬼停頓了一下，接著道：「這是所謂的靈力衰退期，我因為靈力使用過量，總是需要一段時間恢復。現在又是月缺之時，不久後還會有月全蝕，所以沒辦法迅速恢復。」

我大吃一驚。「你的意思是，你的力量來源是月亮？」

「一半。另一半是身為鬼魂本身的靈力。」

……簡直就像是美少女戰士嘛。我半信半疑問道：「真的嗎？」

「我有騙你的理由？」死鬼反問。

這倒也是。我碰了碰死鬼的手，冰冷略微粗糙的皮膚包覆著粗長的手骨，這雙手好幾次救我死裡逃生。

「那你沒事就不要實體化，早知道會這樣我就不會讓你幫我做東做西的了。」我有些懊悔道。

「影響不大，我也習慣維持實體化了。」死鬼聳肩道。

「……真的？」我斜眼看著他問道。

死鬼點頭。「現在當務之急，是搞清楚青道幫的目的。警方目前還不敢有大動作，怕會打草驚蛇。我想先去看看情況再決定下一步，那裡應該會有所動作。」

「例如說……結束營業大拍賣之類的？」

賤狗打了個大哈欠表達牠對我的蔑視。

小鬼咕噥了一聲，整個身子轉了近一百八十度，整個人橫躺在床上。

死鬼瞟向依舊熟睡的那團東西，道：「我想，你應該要留在家裡帶孩子吧，爸爸。」

他這說法真是酸到不行，我白了他一眼：「我跟你去。」

「將小孩子單獨留在家裡可不是個負責任的作法。」

「我知道。」我早料到死鬼會這樣說，「我已經想好了，請保母來看就行了。」

二十分鐘後，保母們已經浩浩蕩蕩地出現在我家大門口了。

「……這就是你所謂的保母？我不覺得他們可以勝任。」死鬼皺眉道。

我沒理他，側身讓胖子、阿屌、小高、菜糠他們四人進來。我想他們就算再不濟，應付一個小孩也是綽綽有餘吧。

「老大，你要幹嘛？猴子又來找麻煩了是不是！他媽的老子這次一定要揍得他滿地找牙！」胖子還沒進門便大聲嚷嚷個沒完。

「一定是聞到我有新貨了對不對？」小高一臉猥瑣地笑，「我這裡有剛剛才下飛機、熱騰騰的無碼超激A——唔！」

我連忙摀住小高的嘴：「閉嘴，不准說這種骯髒事！」

小高哇哇大叫起來：「什麼骯髒，我們每次都來你家看的啊！」

「那是什麼？」阿屌突然出聲。

他所指的當然不會有別人。我清清喉嚨道：「我有事情，你們幫我照顧這小鬼。」

菜糠大概是韓劇看多了，以一種非常戲劇化的口吻驚叫道：「老大，你什麼時候瞞著我們藏了個私生子?!」

他這席話就如一滴水滴進滾燙油鍋裡，一下子就炸開了。

「你竟然偷偷交女朋友，還把人家肚子搞大了？」

「真是太不夠義氣了，小孩子都這麼大了才跟我們說！」

他們七嘴八舌說不停，抗議聲此起彼落，硬是要我給他們個交代。

「閉嘴！」我吼道，然後壓低聲音：「那是……我弟弟啦，我老子在外面偷生的，我也是這兩天才知道。」

他們一片愕然。最先反應過來的是阿屌，他點點頭道：「你爹真是老當益壯，說不定以後你家四散的兄弟全集合可以組支棒球隊。」

「肖欸，沒其他了啦。」我這話說得有點底氣不足，老爸的確有可能藏了很多私生子。

他們圍到床邊看，菜糠很皮癢地說：「他跟你長得好像喔！」

……見鬼了，他會像我才可笑！我匆匆指示他們該注意的事項，不准抽煙、不准在小孩面前說髒話或是討論AV女優等等。另外我還讓死鬼命令賤狗待在陽臺，省得被他們看見，我臉就丟大了。

青道幫的總部就如他們的行事作風一樣，堂而皇之地建在市區內，而且比周圍的大樓都要來得更高又雄偉，似乎要以此展示他們的財力。

「哇靠！這是青道幫總部？」我的下巴都要掉地上了，「我曾從這經過好幾次耶，而且我們之前還故意弄翻大樓後方的垃圾箱，破壞外面的監視器，或是拿噴漆噴旁邊那些黑頭車……」

「這棟當然是以辦公大樓名義存在，這消息不曝光是為了避免非必要的恐慌。」

死鬼的語氣聽起來就像是消息被媒體揭露、出來打官腔的高層。

我感嘆道：「嘖嘖嘖，現在的黑幫就是不一樣，事業越搞越大了。想當年在『艋舺』那時候……」

「如果你看了電影而對黑道抱持著什麼美好的憧憬，這我也沒辦法。」

「喂，這不一樣啦，你都看過了還不知道！說起來你都是沒買票看霸王片的咧！」

我對於死鬼低落的理解力感到可悲。「現在的黑道早就不一樣了，看他們買得起這種大樓就知道賺多少黑心錢了。」

死鬼冷笑道：「你不知道現在黑幫都走企業化多角經營？他們徵才還要求國立大學的法商學院畢業。像你這種沒能力也沒財力的，只能當用過即丟的炮灰。」

我特意忽略死鬼的諷刺，問道：「那你們都知道大本營在這裡，幹嘛不把他們全抓起來一了百了？」

「要是這麼容易就不會拖到現在了，青道幫可不會愚蠢到在警方密切注意的地方留著把柄讓人去抓。」

我仔細瞧瞧，發現這裡冷清異常，大門緊閉，一個出入的人都沒有，甚至連警衛都不在。現在是晚上七點，剛過了下班時間，而夜晚不是那些亡命之徒蠢蠢欲動的時候嗎？這麼平靜實在奇怪。

死鬼拉著我來到後門。連通往地下停車場的鐵捲門都拉下來了，警衛室裡收拾得乾乾淨淨，一點雜物都沒留下。

死鬼先進去打探情況，然後從裡面打開停車場旁的小門讓我進去。

門在我進去後就闔上，裡面一點光源也沒有，伸手不見五指。

「啪」一聲，周圍隨即亮起。

我一抬頭便看到頭頂上一個監視器鏡頭正對著我。跟著死鬼出生入死這麼久，訓練出來的反應也很快，當機立斷迅速臥倒往旁邊滾去，讓自己離開監視器範圍。

「……你做什麼？」死鬼站在旁邊，居高臨下看著躺在水泥地上的我。

我抬手指著監視器道：「那個啊，你剛剛怎麼沒注意到？我被拍到了耶。」

死鬼嘴角微微翹起，那表情讓人看了就覺得肚爛。「我檢查過了，監視器沒開。」

「靠，有屁不早放！」

我悻悻然從地上站起，讓死鬼幫我解決頭髮裡的沙子，然後仔細觀察這裡。

其實也沒啥好觀察的，這裡是停車場，不過一輛車也沒有。

「看來他們不是故弄玄虛，而是真的都跑光了。」我判斷道。

死鬼拉開旁邊一扇安全門。我走進樓梯間，抬頭往上看，那一層層彎曲繞上去的樓梯看起來就像是看不到盡頭的螺旋體。

「喂，死鬼，你沒看見旁邊有電梯嗎？我們又不是來參加登高的。」我好心提醒他道。

「雖然大樓沒斷電，但不代表可以充分利用。」死鬼一臉等著看好戲的樣子，「電梯沒人搭乘時會自動斷電，裡面的監視器可能是隨著電梯一起啟動。你也不想冒著被拍到的風險吧？」

「我把臉蒙起來不就好了？」

我拿了出門必備假髮和口罩戴起，萬事俱備時才發現電梯根本沒開。

死鬼裝腔作勢地噢了一聲以示他的驚訝。

我們一路往上探看，毫不意外這裡就像是被小偷光顧過一般，搬得精光，只留下一堆沒用的桌椅櫃子和雜物。

空氣中還帶有些涼意和空調特有的一股味道，這就代表青道幫眾應該剛走不久。

死鬼嘴裡咬著小手電筒拿起地上的文件，一張張檢查。「看來他們走得很倉促，有些交易資料沒帶走，這些都可以成為對警方有利的辦案證據。你在做什麼？」

我正汗流浹背地試圖撬開保險箱，不耐煩地分神道：「想也知道，當然是要看看他們有沒有遺留下什麼值錢……不，我是要找可以將他們定罪的證據啦。」

「辛苦你了。」死鬼言不由衷地說。

「……找不到什麼東西，對吧？」我將迷你鐵撬移開道。

「我不確定，不過我伸手進去就知道裡面有沒有東西了。」

死鬼說完便付諸行動，整隻手沒入保險櫃裡。摸索了一下，他便抬頭道：「空的。」

「靠！」我扔下鐵撬，往地上一坐叫道：「不玩了啦，怎麼可能會留著東西給條子查?!」

死鬼依然鍥而不捨地翻來翻去，大有沒摸著值錢玉器青銅器、至少也要挖出幾塊骨頭當柴燒的盜墓賊氣勢。

「算了啦，反正我想警察一定會來搜查這裡的，就留著給他們費心好了。」我苦口婆心地勸死鬼道。

「就是要趁他們來之前搜證。」死鬼半垂著眼簾，似乎在壓抑著什麼情緒。「你也知道，警局裡有內奸不是一、兩天的事了，小重職權還不夠，沒辦法接觸到核心，如果真有什麼證據，說不定會被處理掉。」

我心中隱約一動，沒再說什麼。

死鬼整理了些資料囑咐我收好，到時交給蟲哥可以追查警方遺漏的下游買家。

大樓的中間樓層是集會場所，再上去就是高層辦公室了。死鬼輕車熟路地帶著我直奔最高樓層，就像在自家院子一樣。

「幫主的辦公室就常理來說在最高樓層吧。」我肯定地下了註解，「你想直搗黃龍、查出那個不知名幫主嗎？」

「不是。」死鬼相當爽快地否定了我的猜測，「最高樓層容易從上方被入侵，所以董事長或是總裁的辦公室不會在這。更何況幫主不露面，給他一間辦公室只是浪費資源，我要去的是琛哥的辦公室。」

我不爽道：「你又知道他辦公室在這喔？」

死鬼停了下來，我們前方是一扇氣派的桃花心木大門……武俠小說裡有錢人家的門都是這種木頭。

「就是這裡。」死鬼推開厚重的門。雖然知道大樓已經淨空，但我還是躡手躡腳、保持高度警戒踏了進去。

「等等！」我在腳尖沾到地面的瞬間收了回來。「這裡可是琛哥的辦公室耶，會不會在地磚下藏了個爆裂符啊？我可不想被萬箭穿心還是什麼的。」

死鬼在我之前就進去了，回頭道：「我都不擔心會魂飛魄散了，你一個大活人就不用操心了，這裡很安全。」

我提心吊膽地走了進去，確定沒事之後才開始探究這裡。

琛哥的辦公室並未如我想像的有一堆養小鬼的甕或是堆滿頭骨的法壇，完全就像一般的辦公室，除了豪華一點之外沒有任何特殊之處。

皮革包覆的辦公桌和透出沉穩色澤的原木書櫃，再再顯示它們的昂貴，只是現在都失去了該有功能，裡面空空如也，連張紙屑也找不著。

我一轉頭便見到死鬼坐在那張看起來很舒適的皮椅上，兩隻手在辦公桌下摸。

「別怪我沒提醒你，這種經驗我多的是，這樣亂摸可能會摸到乾掉的鼻屎或口香糖。」我好心道。

死鬼理也不理我，專心致志地摸。

突然，「喀鏘」一聲，看似光滑無瑕的辦公桌上突起一塊東西，約莫二十五公分見方，那東西上升了五公分左右就停住了，是個黑色的扁平盒子。

死鬼伸手掀開盒子，原來這是一臺電腦，就像筆電一樣，只是這臺不像是市面上的任何一種機型。

「死鬼，你怎麼會知道這裡面藏著東西？該不會你也用這種辦公桌吧？這不太像外面會賣的東西啊。」我驚疑不定問。

「你還記得我們剛認識那時，我曾經跟監了琛哥好幾天嗎？」死鬼開了機，手指靈巧地在鍵盤上鍵入密碼。「那時我便看到了，還順便記下密碼。只是我為了避免讓他發現，沒辦法靠近，所以無從得知裡面的祕密。」

「唉呦，難道琛哥和冠C・陳一樣，竟然將不可見人的照片留在電腦裡！」

死鬼試了幾次才成功進入系統，他快速地瀏覽過去，螢幕的光映在死鬼雙眼裡，增添了一種專注的狂熱。

「這次解散的命令毫無前兆，由這裡一片混亂的情況可見他們一定措手不及。而這種需要有人掌控全局的時候，琛哥人卻在國外，因此我猜想他事前也不知情。他應該不會讓其他人處理電腦裡的資料，我們得趕在他之前掌握有用情報。」

看死鬼難得的投入，我也想幫上點忙，但螢幕上快速流動的文字應該都是些程式碼什麼的，看樣子死鬼應該是在做入侵系統、破解防火牆之類的工作，這我可就一竅不通了，我所用過最複雜的電腦程式相關的東西，只有網路遊戲的外掛。

既然幫不上忙，我只好安靜一點以免打擾死鬼。我假把風之名到處亂晃，默默地把玩辦公事裡那些看起來相當昂貴的陳設。驀地，我看見一個等身高的花瓶，繁複的花紋與鮮豔的釉料可以斷定這絕對很有來頭。

這時候，我心裡的不良部分開始蠢蠢欲動。我掏出隨身攜帶的麥克筆，仔細思考我該留下什麼樣的「到此一遊」。

我將整個花瓶畫滿了色情的文字和圖畫，反正是青道幫的東西，我一點罪惡感都沒有。死鬼抽空抬起頭來，瞟了我一眼，沒對我的所作所為發表一點評論，便又低頭繼續忙。

我退後一步以便欣賞我的傑作，猛的領子一緊，整個人便往後仰。

我反射性抱住了花瓶，但我往後倒的力量遠大於花瓶重量，被我扳倒的花瓶發出清脆的碎裂聲，在地上變成一大堆破瓷片。

我猶在感嘆我的作品還來不及問世就毀了，又是一股更強烈的力道攫住我的手臂，我整個人被提了起來，用力地往旁邊甩去。

我直衝而去的方向是一片玻璃帷幕，要是這樣撞上去，弄個頭破血流也就算了，但那層玻璃之後沒有任何欄杆，底下便是車水馬龍的街道。

……拜託是防彈強化玻璃啊！這是我心裡最後的想法。

一個影子從旁竄出，在我撞上玻璃的剎那，一把勾住我的身體。

我們順勢往旁邊滾了幾滾才停下來，死鬼馬上拉著腿軟的我站起，將我擋在牆角和他身體中間，警戒地看著辦公室那頭一縷白色的影子。

剛剛試圖謀殺我的就是那抹白色影子，它的形體模糊不清，彷彿隨時都會消失，但它的力量卻是結結實實，足以致人於死。

「我沒注意到這東西是何時溜進來的。」死鬼將我護在身後，「看來它應該是琛哥操縱的鬼魂。不知道是我們觸發了機關，還是琛哥察覺到什麼先派它回來解決。」

那白色鬼魂在空中飄忽不定，似乎沒有再次攻擊的意圖，大概是看到我們人多勢眾，知道討不到什麼便宜。

「看來從它嘴裡應該問得出些東西，你小心一點，我要抓住它。」死鬼輕聲在我耳邊道。

我心裡對死鬼的欽佩油然而生，這一坨東西他竟然能看出它的嘴巴在哪，老實說我到現在都還不能確定它是人還是啥的。

他們對峙了一陣，雙方都按兵不動，屏息等待適當時機。

突然，樓下傳來了刺耳的警笛聲，白色鬼魂一下子沒入旁邊的大門裡，消失無蹤。

我沒時間罵這臨陣脫逃的傢伙，趕緊探頭往樓下看。一堆警車停在樓下將大樓團團包圍，紅藍光閃爍不停。

「糟了，條子來了！該不會我剛打破的那個花瓶裡有警報器吧？」我慌張說。

死鬼搖頭：「應該是警方知道青道幫撤出的消息，所以要封鎖這裡調查，幸好我們先來一步。」

「幸好個屁！我要怎麼出去啊？遇上條子時難道要說我進來借廁所嗎？」我四處亂轉想找找琛哥辦公室裡是否有密室可躲。

死鬼走回辦公桌前，看著螢幕道：「至於這個……」

說完，他扳了扳機體從桌上突出的部分，用力地將鍵盤面板連同旁邊的外殼整個拆了下來，露出藏在桌子裡的電腦主機。死鬼伸手進去，拔出一塊東西。

「你、你把硬碟拿出來做什麼？」我誠惶誠恐地問。

死鬼拉過我，將硬碟塞進我的背包裡。「我還沒破解系統，帶回去慢慢研究。」

我還來不及吐槽，死鬼就拉著我往外衝。

「喂！現在出去一定會被抓個正著，還不如找個地方躲起來……」我邊跑邊叫道。

「警方搜查這裡，會將每一片地磚和天花板都掀起來的。」

死鬼停在一面牆前，牆上有個小小的門，看起來像是保險箱門。「這是運送文件和雜物用的電梯，應該夠你躲進去。」

他按下旁邊的按鍵後一把拉開門，我探頭往下看，果然有一條幽深垂直的通道，而底下吊著的電梯正緩緩上升。

「死鬼，你是不是低估了我的身高？這和學校蒸飯箱一樣大的東西，我怎麼進去？」我在電梯到達定位時狐疑問道。

「別廢話，擠一下就能進去了。你的體重比它限制的最大載重量要重一些，進去後別做太大動作。」

我艱難地爬上小電梯門，好不容易整個人都塞了進來，我大概也扭曲得不成人形了。死鬼按了下降，電梯發出一種過重的悲鳴聲，然後開始往下。

死鬼大概是怕我緊張，撐在電梯旁一起下去。他的身體穿過牆壁，忽隱忽現的，害我想到一堆關於牆壁上浮現死人臉的鬼故事。

電梯嘎吱嘎吱地往下降，途中還會不時地顛一下、停一下，這種搖搖欲墜的聲音讓我的心臟都快提到嗓子眼來了。

我大氣也不敢喘一聲，深怕太強烈的氣流都會引起這臺腐朽電梯的不滿，但是肚子裡這時卻翻騰不已，有股氣在慢慢醞釀中。

我勉強抱著絞痛的肚子，全身肌肉都繃緊了。

「快到了，忍耐一下。」

我不曉得死鬼是否清楚我的狀況，還是純粹意思性的安撫，不過我都能感覺到自己的臉已經憋到漲紅了，終於……

一聲轟然巨響，在電梯通道中迴盪，回音連綿不絕，久久不止。

「哈、哈哈……」我乾笑了兩聲，不好意思地說：「對不起，我不是故意在這種地方放屁的。」

「無所謂，我不會呼吸。」死鬼相當坦然、毫無譏笑之意地說，「只是我想，這聲音應該已驚動到其他人了。」

死鬼語音剛落，剛剛經過的不知道幾樓的電梯門一下子打開了，冒出一顆帶著鴿子帽的條子頭。他大叫：「這裡有人要逃了！」

「逃你媽個頭！」

我大罵一聲，然後一腳踹了出去，那名警察猝不及防被我踢飛。

死鬼拉上電梯門罵道：「你為什麼如此衝動？如果被逮到，一定少不了『襲警』這一條罪。」

「……呃，我相信你不會讓我被抓到的吧？」我滿懷期待地問，「為了以防萬一，我也戴了口罩和手套啊，不會有事的……」

「轟！」

猛然又是一陣巨響，我趕緊撇清道：「這次不是我喔！」

「是纜繩斷裂的聲音。」死鬼說完便往上觀看受損情況。「斷了一條，剩一條也差不多了。」

才說完我便感覺到電梯一震，往旁邊傾斜。

「……該不會是我的屁造成的吧?!」我哀嚎著。

死鬼頭穿過電梯門，隨即伸回來道：「快到地下室了，我先拉著纜繩。」他翻了上去，然後電梯又是一次震盪，但比剛剛平穩多了。

電梯到達，停下來時還狠狠震了一下。我連忙從電梯中鑽出，還一度因為腳卡住了而動彈不得。死鬼得抓著纜繩分身乏術，我只能自力救濟。好不容易脫出電梯，我跌坐在地，緊接著電梯轟然落下，發出墜毀的聲音。

「……我該去收驚了。」我看到死鬼從電梯口出現時道。

「我相信你的心臟沒那麼脆弱。」他僅下了這句評語，接著又道：「隔壁有個運垃圾出去的門，相當隱密，趁警方還沒完成封鎖前快出去吧。」

我們繞到側門，趁著天色暗，藉行道樹的陰影順利地溜出警方封鎖範圍。

背著背包，我覺得沉甸甸的像是裝著鐵塊，似乎快被那硬碟裡的祕密壓得喘不過氣，心裡卻是既緊張又興奮。讓那些條子慢慢地搜吧，最重要的東西可是在我手上，想到他們吃癟的樣子就覺得相當爽快。

大概是我一時得意忘形奸笑出聲，死鬼也注意到我打的鬼主意。他不以為然道：「別高興得太早，說不定那裡面什麼東西都沒有。」

「凡走過必留下痕跡，要消除痕跡最好的方式就是拿電鑽直接穿透它。」我拍了拍包包，「那些黑幫大哥大概以為只要刪除資料就沒事了。真該讓青道幫的ＩＴ部門去上些進修課程。」

Chapter 3

青道幫的陰謀

回到家裡，我一開門就看見一片慘絕人寰的恐怖景象，讓我剛從一個危機裡脫身後，馬上陷入更麻煩的泥沼中……

屋子裡酒氣沖天，我找來的「保母」們橫七豎八地躺在地上，旁邊是無數的空啤酒罐，而他們應該照護的對象正坐在電視前打電動。更讓我無法接受的是，賤狗竟然也在爛醉如泥的人當中！牠四腳朝天呼呼大睡，四肢還不停擺動、發出猥褻的嗚嗚聲。

死鬼一臉「我早料到」的表情，嘆了口氣。

小鬼一回頭看到我和死鬼，便開心地大叫：「把拔，葛格！」

坐在電視機前，陪著小鬼打電動的阿屌似乎沒喝醉，疑惑著問：「這小鬼到底是叫你爸爸還是哥哥？」

我丟下手中買來給他們的慰勞品，暴跳如雷地大吼：「這不重要！為什麼會搞成這樣?!」

阿屌一臉無奈道：「你出去之後沒多久，他們就閒得發慌了，想說這小鬼一時半刻大概也不會醒來，便跑出去買啤酒和一堆下酒菜。」

「那這隻爛狗呢？」我指著賤狗問。

「對了，你怎麼都沒說你有養狗啊？剛剛胖子去陽臺抽煙看到牠嚇了一跳，還以為你家陽臺長了什麼東西呢。」

「那是別人暫時寄養的啦，我怎麼可能養這麼噁心的東西！」我厭惡道：「那死胖子竟然敢在我家抽煙，我非把他做成火腿不可！」

「那狗相當溫馴，所以胖子就拿啤酒給牠喝。誰知道牠好像喝上癮了，喝完一罐之後一直抓門想進來，他們索性就放牠進來一起喝。那隻狗酒量很好呢，然後就……」

「就變成現在這德性了。」我咬牙道。

死鬼看了看賤狗：「抱歉，007一直很貪杯。因為你沒喝酒習慣，所以我也沒想到這點。牠的酒癮很大，酒品也不太好，這讓我相當頭痛。」

「……這隻大酒桶！」

阿屌笑嘻嘻道：「算了啦，他們喝了酒就全部睡成一團了，總比喝得半醉大吵大鬧得好。反正你弟弟也很乖，我一個人陪他就夠了。他一直睡到你回來前沒多久才起床，還沒吃飯呢。」

之後，等他們全部醒來，已經隔天早上了。將他們趕出去之後，回頭見到死鬼已經從背包裡拿出偷回來的硬碟，迫不及待地接上我的電腦。

小鬼一臉興奮看著死鬼弄東弄西，還一直想幫爸爸的忙，不過死鬼不領情，態度敷衍，真讓我打從心底為小鬼不值。

「喂，死鬼，那裡面應該沒有什麼追蹤的程式吧？」我在廚房準備早餐時，突然想到這問題。「比如說，只要一開機就可以追查到我的ＩＰ之類的。」

「不知道。」死鬼背對著我聳聳肩。

「我靠，你也謹慎一點吧！」我從廚房探出頭大叫。

死鬼喀噠喀噠地快速打著鍵盤，一副事不關己地說：「來不及了。」

我用鍋鏟狠狠地戳著平底鍋裡的雞蛋，以我對死鬼的了解，他一定是都摸清了才敢這麼做，不過老愛吊我胃口，害我白緊張。

我端著托盤走出廚房，招呼小鬼過來吃飯。他在廚房旁邊想要嚇我一跳，身為一個盡職的爸爸，當然要假裝不知道。他邁著短腿咚咚咚地跑過來，一下子撲在我的腿上。

沒料到他的力道這麼大，我一個趔趄便跌倒了，手中托盤也順勢飛了出去。從這完美的拋物線看來，那些早餐最後的落點是……我的電腦主機！

「死鬼！小心！」我大叫。

在這千鈞一髮之際，死鬼就像是背後長了眼睛一樣，頭也沒回，迅速地將身體擋在主機前。不管是蔬菜還是雞蛋，全灑在死鬼身上了，我的主機安然無恙，只有鍵盤和螢幕上濺了幾滴。我重重摔在地上，剩餘的牛奶一股腦地倒在我頭上。

死鬼轉過身，原本一絲不苟的瀏海兀自滴著牛奶，垂了下來濕淋淋地貼在額頭，還有一條培根掛在他肩膀上。死鬼面無表情，但我感到一種山雨欲來風滿樓的氣氛。我打了個哆嗦，趴在我腿上的小鬼也害怕地發抖。

「原、原來你沒有防潑水功能啊……」我打哈哈道，結果適得其反，氣氛更僵了。

死鬼睥睨了我們一會兒，伸手拿下肩膀上的培根，道：「幸好沒有灑在主機上，否則資料就完了。」

見死鬼沒有追究的意思，我趕緊乖乖將地板收拾好，拉著小鬼衝進浴室洗澡。

我和小鬼在浴室裡打了很久的水仗，才熱氣騰騰地走出來。我偷覷死鬼，驚訝地發現他身上已經乾乾淨淨，連頭髮都梳好了。我對於鬼洗澡的方法有極大的興趣，但死鬼應該還在氣頭上，想想還是作罷。

「有進展了嗎？」我問。

「嗯。」死鬼點頭，「我解開了一部分，有些交易相關資料和琛哥的行程安排，但還有大部分我無法破解，可能還是得交給專門技術人員處理。」

我湊過去看，拿著毛巾擦頭髮邊提出問題道：「這些交易還會如常進行嗎？既然青道幫都已經解散了，這些也都不作數了吧？」

「琛哥的行程安排原先預定這週末回來，接著隔天就有交易，看來他應該會親自去現場監控。不過事發突然，不曉得他是否會提前回來……」死鬼沉吟道。

一陣急促的腳步聲從樓梯間傳來，這種冒失又莽撞的腳步聲一聽就知道是誰。

死鬼示意我去開門，省得等一下敲門聲驚動鄰居。

我才剛拉開門鍊，一個龐然大物就衝了進來。我機警地閃身，才避免了可能的慘劇。蟲哥的體積和力道都比我大得多，被他這樣撞上來我大概也要嗝屁了。

果不其然，蟲哥衝進來第一句話就是：「組長，大事不好了！」

蟲哥的樣子比昨天又憔悴了幾分，頭髮蓬亂，雙頰凹陷，眼中布滿血絲，下巴的鬍碴看起來髒兮兮的，完全從鄰家的陽光大哥變成邋遢大叔。

「蜀黍。」小鬼有禮貌地招呼，只是看起來有些害怕。

死鬼這時已經拿起電話撥給蟲哥，在蟲哥接起電話時直接道：「快說。」

「是的。昨天傍晚我們得知青道幫已經撤出總部，就緊急趕到現場封鎖大樓。」

……早就知道了。

「我們到時，他們已經全部撤光了，也沒留下什麼資料。」蟲哥沮喪地說。

……因為我們把最重要的電腦拿走了。

我安慰蟲哥道：「別太灰心，警察永遠慢一拍出現，這點老早在好萊塢電影裡印證過了。」

「我們同時突襲青道幫所有據點，但也人去樓空了，只抓到一堆小癟三，他們根本一問三不知。還逮到個幫裡長老，但他什麼都不願意說，只能先拘留他。」

死鬼思索了會兒，問道：「青道幫的帳戶流通狀況有什麼異常？」

蟲哥求救似地看著死鬼。「在昨天之前，青道幫在我們監控之下的帳戶一點問題也沒有。昨天搜過大樓之後，我們也猜測青道幫如果真要解散，應該會急欲脫產。但詢問的結果發現，他們的財產並沒有轉移到任何其他人名下，而是……」

蟲哥欲言又止的樣子讓人很不耐煩，我催促道：「怎樣？」

他深吸了一口氣，道：「青道幫所有財產，都提領一空了。」

我吃驚道：「什麼……啊？這代表啥？值得大驚小怪嗎？」

說完了我才發現，死鬼平時面對外人一向波瀾不興的臉也反常地露出驚愕。

「他們在瑞士銀行及開曼群島的帳戶也是如此。所有的股票不動產全部出售了，就連總部大樓也已經在兩天前易主。昨天數百人到各地分行將帳戶的款項領出，而不是選擇結清帳戶，否則我們早就會注意到了。」蟲哥懊惱地說。

青道幫將所有財產變賣，然後提出所有的錢……

「這聽起來怎麼像是幫主要落跑？」我提出疑問。

蟲哥凝重道：「這也是有可能。青道幫本身就有地下匯兌的業務，要將這些錢轉移輕而易舉。不過警方原本就密切注意著他們的動靜，這兩天並沒有大批金錢流出。我們也依監視器找到提取人身分，但他們都是受雇於人，與青道幫一點關係也沒有。」

「錢的下落有任何蛛絲馬跡嗎？」死鬼問。

「沒有，循線搜查也沒用，線索全部都斷掉了。青道幫名下現在毫無資產，等於是個空殼子，但上頭對於這筆錢相當關心，要是找不回來，我們大概都要以失職罪辦了，哈哈。」蟲哥苦笑道。

死鬼站起身，對蟲哥道：「小重，你先回去休息，我想你的腦袋現在應該無法做出準確的分析判斷，這樣只會拖累調查進度。」

蟲哥傻呆呆地看著凌空飛起的手機，愣了半天才回過神，不好意思地笑道：「組長說的是。我已經近三天沒闔眼了，剛剛開車時還看到天上有烤雞在飛呢。」

我搖搖頭，從他的幻覺都能看出他多白痴。「對了，死鬼，那個硬碟……」

死鬼做了個噤聲手勢，轉身示意蟲哥快滾。

蟲哥不明所以，跟小鬼熱情地說再見之後就拖著疲憊的步伐走了。

「為什麼那硬碟不給蟲哥？」我疑惑地問。「讓他交給局裡處理就行啦，反正有什麼消息蟲哥也不會瞞著我們的。」

死鬼在電腦前坐下，將注意力移回破解其他資料上。「我信任小重，但我不相信其他人。若將硬碟交給小重，難保技術支援的組員會吃掉資料。更何況他持有硬碟一定會受到注意，到時他和你連絡可能就會曝光你的身分。你不想被追殺吧？」

我將小鬼抱離主機旁，他對於吸引走死鬼全部注意力的電腦很有興趣，在旁邊探頭探腦，要是讓他踢到纏得亂七八糟的電線，或是將手中的果汁灑在主機上就不好了。

「所以，你要自己搞那硬碟囉？」

「我還在思考哪裡有可靠的技術人員。這硬碟的加密程式太複雜了，我無法破解，但更不能冒著風險交給警方。」

我靈光一閃，問道：「死鬼，你說破解那三小的，是不是跟駭客差不多啊？」

「沒錯。不過官方人員並不會被稱為駭客……」

我打斷他的嘮叨。「我認識個老傢伙，之前買遊戲機都會給他改機，他改過的機功能都比原廠好用上幾千倍。我電腦裡的作業系統也是他破解了『微硬』的『窗戶10』改良寫出來的。」

「喔？這是那人寫的？」死鬼看著螢幕，「還真的不錯。」

「那老傢伙啊，整天吹噓自己是全世界最厲害的駭客，他說他在冷戰時期入侵美國國安局資料庫或是蘇聯KGB祕密系統，然後成功地退出沒留下任何痕跡，FBI要抓他都無從查起。雖然偶爾會有些無傷大雅的小出槌，不過他真的很行。」

死鬼思忖道：「其實要找厲害的駭客很容易，不過這牽涉到的是攸關人命的機密，那人必須值得信任。」

「這你絕對可以放心！」我拍著胸脯打包票。「他另一個身分是密醫……雖然是無照的，之前我幹架受傷都是去找他。身為一個醫生該有的職業道德他全俱備，絕對會謹守醫患保密條例！」

「身為一位醫生，最重要的職業道德就是拿到醫師執照吧？」死鬼酸溜溜地說。

雖然他這麼說，終究還是被我說服了。

我打電給阿屌讓他來幫忙，本想說他一個人就夠了，但他們還是一窩蜂地全跑來了，還渾身酒臭、信誓旦旦地跟我保證絕對不會再犯。死鬼也以罕見的嚴厲口氣訓斥了賤狗一番，告誡牠絕不能再喝酒。牠垂著鬆垮垮的皮，看起來相當慚愧的樣子。不過看到胖子他們進來，牠眼中閃耀的興奮光芒我可沒漏掉。

隔天中午，將硬碟交給醫生後，我問死鬼道：「唉，那現在沒事做了嘛，就只能等那老傢伙破解硬碟或是青道幫有什麼行動吧？」

死鬼沉吟道：「小重說抓到一個長老，去問他吧。我現在沒有警察身分，就算嚴刑拷打也不會有問題。」

我厭惡地說：「你這傢伙金變態！又不是雷洛時代的警察，動不動就用私刑。你要用電擊嗎？還是墊著電話簿用鐵鎚打啊？或是用針刺指甲縫？臉上蓋著布澆水？」

死鬼一臉詭譎地笑：「你不會想知道的，你所知道的那些是只有電視才這麼做，我們並不會用這麼華而不實的招數。」

……難不成是「滿清十大酷刑」？我滿懷期待，但死鬼卻死都不肯透露。

去警局前先打了通電話給蟲哥，才知道他還在睡覺，所以我就到警局大門等他。雖然蟲哥說讓我先上去，不過我的好些老朋友都在一樓的派出所，我現在為了各種事忙得焦頭爛額，沒時間陪他們玩。

「到底好了沒啊？蟲哥家很遠嗎？」我看著表不耐煩問。

遠處傳來尖銳的煞車聲，接著一輛簇新的警車飛馳而來，在警局前方的小車位硬插了進去，展現了高超的甩尾停車技術。

車門打開，下車的是煥然一新的蟲哥，頭髮抓得帥氣十足，下巴光潔沒有鬍碴，西裝也換上毫無皺摺的一套，雖然黑眼圈依然存在，但又髒又頹廢的樣子似乎是很久以前的事了。

「嗨啾！讓你們久等了！」蟲哥露出潔白的牙齒笑道。

「你化完妝了？」我翻了翻白眼。

蟲哥乾笑兩聲：「哈哈，總不能蓬頭垢面地來上班嘛。」

「為什麼你開警車來？」我奇怪地問。

蟲哥支支吾吾地說：「呃，因為……只是借用啦，現在手頭緊，要省點開銷。」

死鬼沒發表意見，只是冷淡地掃了蟲哥一眼。

我想蟲哥不用看也知道死鬼會有什麼反應。他踉蹌了一下，慌張地說：「正、正事要緊！我們快走吧！」

那名長老就關在警局樓上的暫時看守處，蟲哥說他們已經審問許久，但他什麼都不願意說。

「讓我來問，可以嗎？」死鬼拿著手機問蟲哥道。

蟲哥面露難色。「我、我不知道耶。審訊現場有攝影機，而且幾個前輩還在問……」

「你跟我一起進去，攝影機撤掉。」死鬼命令道。

蟲哥的俊臉皺成一團，似乎很為難，但迫於死鬼的淫威之下，他還是乖乖地說了：「是！」

「這是犯法的吧？」我悄悄問蟲哥。「我記得這種時候一定要有律師在場，而且還要全程錄影存證對不對？」

「組長是鬼，無法辨他瀆職。」蟲哥聳聳肩道：「而且這種情況也不是沒有過，總是有些時候要暗箱操作。」

蟲哥帶我們到審訊室門口，假意接手，讓裡面正在對峙的條子們出來休息，由於這裡來來往往的人眾多，所以我不能堂而皇之進去，只能坐在門口等。

不一會兒，蟲哥臉色發青地從審訊室走出來。

「怎麼了？不順利？」我擔心地問。

蟲哥看著我，可憐兮兮地說：「組長說我太礙事了，關了攝影機後就叫我出來。」

「你出來他要怎麼問話？」我驚訝道：「死鬼該不會要自己來吧？這樣不怕被發現嗎？你們條子竟然還要鬼魂出馬才問得出東西……」

「我覺得組長是想要來陰的。」蟲哥小聲卻肯定地說，「他剛剛的語氣相當詭異，我想問又不敢開口。我有點擔心耶，要是組長殺了他怎麼辦？」

「怎麼可能？」我沒好氣地瞪了蟲哥一眼，「死鬼他自有分寸的，大概真的是嫌你礙事。不過我比較擔心那個長老，要是看到手機飄在空中還有個鬼跟他對話，會不會嚇得心臟病發？」

我從審訊室門口的透明玻璃想看看裡面情況，不過一件衣服掛在門板上，完全遮住了室內狀況。

「這也是組長指示的。」蟲哥無奈地說，身上的西裝外套被當成窗簾用。

「可惡的死鬼，他到底在幹嘛啊！」我跳上跳下試圖從門縫看進去，不過審訊室的隔音防竊都做得滴水不漏，完全無從得知裡面動靜。

我只能選擇坐下，跟蟲哥一起等。我不停地跺著腳，等待的心情真的很折磨人。

死鬼不惜暴露他的存在也要問出的是什麼事？難道只是為了明天的青道幫會議嗎？這種輕率的作法實在很不像死鬼。

等等！我靈光一閃，突然想到個兩全其美的方法！

「我真笨！」我不禁為自己的腦筋轉得太慢而咒罵。

「其實不會啦。」蟲哥自以為善解人意道。「現在小孩從小接受太多聲光刺激，腦袋都變遲鈍了，你還算是好些的……」

「不是啦！」我揪住蟲哥的袖子，湊到他耳朵旁道：「因為太久沒用差點都忘了，還記得我們當初怎麼去地獄的吧？」

蟲哥帶我到隔壁的空審訊室，本來怕引人注意要到醫護中心，但我的身體和靈魂有距離限制，只能作罷。

我在椅子上坐定，跟蟲哥示意道：「要是我離開太久，身體出現異常狀況，記得馬上叫我回來喔，要不然我就得回姥姥家了。」

閉上眼睛，想著靈魂脫出身體的感覺。這我已經熟能生巧了，甫一閉眼，靈魂就浮出來了。

「碰！」我的身體失去支撐，上半身倒在桌上。我感覺到鼻梁一陣痛，湊過去看才發現是鼻子直接砸在桌面上，好家在沒流鼻血。

「喂，你怎麼不扶我一下啊？痛死了。」我對蟲哥抱怨道。

蟲哥正搖著我的身體確認是否失去意識，估計也看不到我。

我懶得跟他玩，便轉身往死鬼那間飄去。才要穿過牆壁，突然想起從這穿過去就會直接和死鬼打照面，他應該是會在犯人的前方、桌子的另一端，所以我要從那邊過去才不會被發現。

我走出審訊室，迎面就走來一個胖警察。我趕緊閃身沒入牆壁裡，穿過那警察的身體也太噁心了點。等一大票要去吃下午茶的條子全數通過，我才浮了出來。

繞到另一頭的審訊室，那裡面也正忙著玩黑臉白臉遊戲，桌上還放著吃剩的排骨便當。我隱身至牆壁裡，慢慢地將頭探出牆壁。

咦？死鬼咧？我只看見一個人坐在桌子前，桌上放著手機，但卻不見死鬼蹤影。

「你在做什麼？」死鬼平淡低沉的嗓音倏地響起。

「哇！」我嚇得跳了起來，心臟像是被捏了一把似地跳個不停。我撫著胸口大罵：

「你這傢伙，嚇得我差點尿出來！」

「如果不是作賊心虛，有必要反應如此誇張？」死鬼冷笑道。

「你才作賊，我只是想看看情況，怕你動用私刑。」我理直氣壯地狡辯。

死鬼指著靠著走廊的那面牆道：「我剛才就看見你在那裡鬼鬼祟祟的，想要偷聽也應該把行蹤藏好。」

……靠，應該是躲條子時不小心露了半截出來。

「好啦，你不用管我，趕快去問話吧！」我期待地說。

老實說，我真的很想看看死鬼是怎麼刑求的。這傢伙平常一副斯文冷靜的樣子，不過我跟他相處這麼久，相當了解他的暴虐本性。

「問完了，我現在要去找小重，不奉陪了。」

死鬼瀟灑地轉身離開，留下錯愕的我和那個看起來很衰的長老。

我遲疑了一下，決定先去看看那個長老的樣子。他駝著背、面無表情，看起來還真不像是被刑求過的樣子。

我急忙跟了出去，問死鬼道：「結果怎樣？他該不會不打自招吧？」

「嗯，相當合作。」死鬼輕描淡寫地說。

回去之後，蟲哥也迫不及待地想知道結果。

「他什麼都沒說。」

我轉述死鬼的話，然後也像蟲哥一樣不可置信地再問一次。

死鬼緩慢地解釋道：「他說他們在入幫時就立下嚴苛的誓約，要是洩漏幫裡機密會五雷轟頂、不得好死的，所以他什麼都不願意說。」

我大叫：「拜託！發誓這種事誰信啊！我小時候也整天對我爸發誓說不會再偷他的錢，否則雞雞會爛掉之類的。那種放過就算的屁哪有人會遵守啊？」

「對啊！」蟲哥也相當激動。「我對每個女朋友都說只愛妳一個，要是發誓有用，我早就被她們砍死了。」

死鬼沒理會我們到底發過多麼愚蠢的誓，嚴肅道：「青道幫的立誓不同。似乎有一股力量會強迫他們遵守誓約，否則真的會招致橫禍。當然這是一種說法，你們也清楚琛哥的為人吧？他會用這種方式操控，我一點都不意外。」

蟲哥喃喃道：「之前的確曾發生過洩密的人，幾天後在海邊的消波塊中被發現。」

「那抓到人也沒用嘛。」我不滿地說，「條子真是一點威信也沒有，那些黑幫根本不把你們放在眼裡。」

「哈哈，這也不是一、兩天的事了。」

走出警局，我問死鬼道：「喂，你花了這麼多時間跟他盧，應該不會什麼都沒問到吧？」

「答對了。」死鬼毫不遲疑地說，「不過我擔心警局裡有眼線，所以不方便向小重透露。」

「他真的說了？他不是死都不開口嗎？」我問。

死鬼看了我半晌，緩緩道：「怎麼讓他開口的你沒必要知道，我不想讓你看到人性的黑暗。」

我打了個寒顫，他這樣說就可以知道那一定不是合法手段。我權衡再三，決定尊重他的意願。「好吧，那麼他說了什麼？」

「這裡人多，我們回去再談。」

我清清喉嚨：「好啦，那你今天暫時沒事了吧？那麼換陪我吧，我們去個人多但不怕有人竊聽的地方。」

「去哪？」

「採購。現在多了個小孩，總不能每天吃速食吧？」

雖然擺張臭臉，但死鬼還是心不甘情不願地跟著我走了。

到了大賣場，我推著購物車走到人稀少的廚具區，聽死鬼說他得到的消息。

他斜靠著柱子，平淡地道：「解散命令前天晚上下達，而低階組員則是到昨天才知道，而堂主以上的幹部都出國躲風頭，當晚就偷渡出去了。」

「這命令是誰下達的？」

「是幫主直接傳令給長老們的，琛哥應該事前不知情。不過他們什麼原因也不說，幹部們又只能遵照旨意。」

我眉頭一皺，察覺此事不單純。「解散之後，應該沒有權力命令幹部們了吧？」

「不知道怎麼回事，就在解散命令下達之後，又有另外一道傳令，讓幹部們出國並勒令噤口，還說接下來再通知他們。」死鬼一臉詭異地說：「事情一定有蹊蹺，至少目前可以確定，解散只是個幌子。」

……雖然死鬼之前就曾做過這個假設，但從長老這裡證實的情報則更有可信度。

「我剛剛得知，明天晚上要開長老會議，聽說幫主會出席。如果要知道他們討論了什麼，可能要等實際發布執行之後了。」

「然後咧？會議時間地點呢？」

「不知道。那是召開前才會通知他們的，而長老被逮了根本不可能知道。」

「那要怎麼辦啦，雖然知道要開會，但根本不知道在哪有屁用！」

「這是他的說法。」死鬼詭異地笑道：「反正我已經知道他被關在哪，等一下再去跟他打個招呼好了。」

我此時由衷地為長老感到遺憾。「啊，對了。我好像沒看到清潔用品，要買殺蟲劑和……」

「不就在旁邊？」死鬼皺眉道，便直接穿過貨架到隔壁走道。「在這裡，你剛剛才推著車從這走過的吧？」

「哈哈。」我乾笑兩聲，快步推著車轉向隔壁走道，赫然一道銀光從我眼前由上而下直落下來，噗哧一聲插入購物車裡的半隻烤雞身上。

那是一把鋒利的切肉刀。

我反射性地抬頭看，只見在我右方的高聳貨架，這時正如遇到地震似地開始傾斜，然後慢慢地遮住天花板的日光燈，往我身上倒下！

貨架上的東西先一步滑下，數以百計的各式菜刀和鍋子如驟雨般猛烈落下。

最後映在我視線裡的，是滿天閃著銀光的器具，以及逆光而顯得黑壓壓的龐大貨架。

一陣巨響過後，一切回歸平靜。

周圍慢慢嘈雜起來，雜沓的腳步聲由遠而近，不時還伴隨著尖叫聲。

我什麼都看不見，背上壓著重物動彈不得。我緩緩動了動手指，感覺指尖聽從我的命令輕輕劃過手掌。

受到衝擊而黑暗的視野漸漸明亮起來。我看見右方被壓得扁塌的購物車，以及一隻不屬於我的手。

我混沌的腦袋頓時清明，那隻骨節分明而修長的大手，手背上還有一條淺淺的疤，據說那是執勤時留下的傷。

我吃力地頂了下肩膀，不意外地察覺到，壓在我身上的重物不是硬邦邦的鐵架子，而是一具堅韌冰冷的肉體。

「死鬼……」我嘶啞地叫道。

背上的人毫無反應。我奮力直起頸子向左轉，死鬼的臉就在離我幾公分處。

他的雙眼緊閉著，看起來毫無一絲甦醒的跡象，連呼吸都停止了……好吧，他是鬼，根本不會呼吸。

我再度動動肩膀，死鬼的頭隨著我的動作起伏。

頓時，我的感覺就如五雷轟頂，心中盈滿的恐懼往四肢百骸蔓延。

「死鬼！死鬼！你快醒醒！」我不管胸腔被壓住那種無法呼吸的疼痛，拚命搖晃身體並大叫。「死鬼！你死了嗎?!」

死鬼的眼皮顫動了幾下，然後倏地睜開。他的雙眼裡沒有任何剛睡醒時的懵懂，依舊淡定，一如往常。

「白痴，要是我死了，還會留在這裡讓你收屍？」

他的嘴唇裡吐出的惡毒話語，讓我如擂鼓的心跳慢慢平復。還好他沒事……

對啊，他怎麼可能會有事？雖然沒用，但他終究是個惡鬼，就算被卡車輾過也不會有事的。

我罵道：「你這死人頭快起來，我差點沒被你壓死！」

「如果沒有我你才會被壓死。」死鬼直接地說，「而且還是在被千刀萬剮之後。不要說話，等他們將這東西抬起來。」

我從貨架隙縫中往外看，大批賣場員工吆喝著將這貨架抬起，幾尺外是層層疊疊的購物客人們，萬頭攢動的樣子簡直像是這裡有大拍賣似的。

「一、二、三！」

貨架被抬起，身上重量頓時減輕不少。死鬼有些蹣跚地站了起來，讓賣場員工拿著醫藥箱看我的情況。

我齜牙咧嘴地爬起來，嚇呆了旁邊圍觀人潮，大概沒有人料想到我能從如此慘烈的狀況中全身而退。看看滿地的刀子，我暗自咋舌，幸好有死鬼，否則我現在八成滿身窟窿。

醫護人員將我從頭檢查到腳，證實我沒有受傷。他們將我帶到賣場經理室釐清事發過程。最後，從安全課那裡調出監視錄影，證實了我的說法。因此，我得到一筆為數可觀的補償金。

「真可惜，要是受點小傷的話應該可以拿更多。」我惋惜地說。

賣場派了專車，原本跋扈的經理親自送我回家，下車後還不斷鞠躬賠不是，深怕我一狀告上法院。

死鬼目送著專車倉皇駛離。「如果你早點說，我剛剛就會用部分實體化，只不過不能確保那之後你是否還能親自要求賠償。」

「真是差勁！那架子起碼有三公尺高耶，還放了一堆凶器在上面，竟然還不做好安檢。如果當時有其他人站在那裡一定會當場蹺辮子！」我不滿地碎碎念道。

死鬼望了我一眼，凝重地說：「因為是你，所以那架子才會……」

我忙著挖著鼻孔沒聽清楚死鬼說什麼，問道：「你說啥？」

「那架子會倒，是人為針對你的。」

我剉了一下，手指不小心戳到鼻腔黏膜，痛得我眼淚差點流出來。「為什麼！是誰想害我？」

「你還記得在琛哥辦公室攻擊你的東西吧？就是它。」

我花了些時間回想，然後驚愕道：「那坨白色的鬼?!」

死鬼頷首：「在商場時，我走到隔壁走道就發現它正在推架子，不過沒時間抓住它。」

「可惡的琛哥！一定是他指使的。」我忿忿不平地說。

「就我對琛哥的了解，他實在不像會大費周章要你命的人。」死鬼認真分析，並且無視暴怒的我繼續道：「去找小重吧，有些事必須要找警方招待的貴客談談。」

「等等啦！我要先回去看看小鬼。」

我悄悄地走上樓，打算來個突襲。還沒到門口，我就聽到家裡傳來乒乒乓乓響的破壞聲。

……難道是那些人找上門來了？我兩步併作一步，慌忙跑上去。大門緊閉著，但奇怪的聲響絡繹不絕。

死鬼扯住我，示意讓他先進去看情況，他便將頭伸進門裡。不到三秒鐘，他又面無表情地退出，道：「你自己看看。」

我連忙開門，眼前的景象讓我大吃一驚。

胖子憤怒地揪住小高的領子罵道：「你這死高陽萎！竟敢偷襲老子，我今天一定要揍得你哭爹喊娘！」

小高抓住胖子的手哇哇大叫：「我操！你哪隻屁眼看到是我啊！我……」

他們吵鬧不休，阿屌抱著看好戲的態度站在一旁，菜糠忙著勸架，而小鬼蓋著小被子睡在地板上。

「你們在幹什麼！」我怒不可遏地大吼，「沒看到小孩子在睡覺啊？是在吵三小！要打不會出去打？」

「老、老大，你的聲音更大……」菜糠怯生生地說。

胖子憤怒地用他的胖胳膊架著小高的脖子，吼道：「這王八龜蛋偷襲我！」

「我就說沒有！你這死胖子耳朵長包皮啊！」小高也不甘示弱地罵，然而他的體型比胖子小了至少五個尺碼，也只能叫囂示威。

根據胖子的說法，他在喝酒時突然有人扎實地巴了他後腦勺一下，而他身後只有小高在，因此一定是他動的手；而小高說，胖子自己喝酒喝到醉茫茫，故意找碴。

「反正這小鬼都在睡覺，根本不用看著他啊，但我們為了盡到保母責任還是少喝很多。」胖子理直氣壯地說。

我瞄了小鬼一眼發現他已經醒了，拿被子蒙著臉，只露出一雙眼睛骨碌碌地轉動著。

「你醒來了？」我走過去幫他穿外套，「醒了怎麼不起床？」

小鬼睜著無辜的雙眼道：「葛格……打架，怕怕。」

我轉頭怒瞪他們，一字字從牙縫裡擠出來：「各位葛格們，可以麻煩你們滾蛋了，記得順便將垃圾帶走。」

他們自知理虧，安靜迅速確實地收拾完，只有胖子還嘟囔著見弟忘友之類的，而後提著垃圾很快地溜了。

「我覺得他們還挺盡職。」死鬼對著瀕臨爆發的我說道：「反正就算你朋友們吵翻天了，他還是睡得渾然不覺。」

「這是兩回事！竟讓小孩子看到他們打架互譙，這樣對教育不好。總而言之，我不會再找他們來了。」

「難道你要在家看小孩？」

我尋思，跟著死鬼是必要的，我實在不放心讓他一個人亂搞。但小鬼不能讓他一個人在家，也不可能帶著他，要是再遇上那個白色鬼魂開輛卡車來撞我就糟了。

再三考慮的結果，我硬著頭皮牽著小鬼去找樓上的歐巴桑，向她解釋原委並託她照顧。不過她好像不太相信小鬼是我弟弟的說詞，還義正詞嚴地吩咐我不要玩太凶，要記得戴「氣球」上陣，否則我的「弟弟」會越來越多。

PHANTOM

Chapter 4

LIVE 騙人電視臺

AGENT

我們再度到了警局，讓死鬼好好拷問一番，但我想那個長老應該已經榨不出東西來了。

我擔憂地說：「那你打算怎麼做？自己逮住他們？雖然琛哥不在，但不清楚青道幫裡是否還有法力高強的修道人士。我看還是得要通知蟲哥吧？」

死鬼背靠在牆壁，看著對面警局大門口金色的鴿子圖樣：「視情況而定，若屆時需要小重出面逮捕，也得等他們的會議有所結果。」

死鬼的臉看起來有些疲憊，雖然他的態度一如往常，但我能感覺到他似乎有些焦躁，那種情緒我卻不知道從何而起。

我維持自然的表情，假裝漫不經心地問道：「死鬼，你是不是隱瞞了什麼事沒跟我講？」

他露出微微吃驚的樣子，我就知道賓果了，趕緊趁勝追擊。

「我們之間不應該有祕密。跟我說吧，不管是什麼事都會有辦法解決的。」我勸死鬼道。

「既然被你發現，我也不得不說了。」他凝重地說。「你最近身體還好吧？」

「託你的福，除了牙痛之外一切都很好。」

「你昨天做了好夢吧？我猜是美女對你獻殷勤？」

我大驚失色：「你怎麼知道?!」

「其實那美女……不是人。至少不是活人。」死鬼惋惜地看著我。「她是偶然路過的女鬼，好像是看上你了。雖然我相當懷疑她的品味，不過敬老一向是我的原則，所以就讓她……」

「等等！你說敬老是什麼意思？」

「她剛以高齡一百零五歲過世……」

「不——！」我慘叫著，「她的年齡可以做我曾曾祖母了耶，為什麼她看起來只有二十幾歲？」

「有些靈魂會以自己希望的樣子呈現，不過這不重要，我答應讓你陪她兩天以償她的宿願，所以今晚……」

「我還宿便咧！你竟然出賣我！」

我去了樓上歐巴桑家接小鬼。據歐巴桑所說，小鬼非常乖巧，我離開後他便開始睡覺，睡到我們來接他前才起床。

「真乖。」我掏出剛買的棒棒糖給睡眼惺忪的小孩。「你長大一定會成為一個正直的人，再怎麼樣都不會比你拉皮條的爸爸差。他一定是妒忌我的帥勁，了解到自己已經人老珠黃。」

那個拉皮條的傢伙無視我的念念叨叨，不知羞恥地說：「你如果注重教育就應該更加注意用詞……」

「閉嘴！這裡輪不到你說話！」

我回到家就開始忙碌，把我塵封已久的生財傢伙們都翻了出來。

「我能理解你要帶武器防身，所以才放了扁鑽和鐵撬在背包裡。但那些鬼畫符咒，試了那麼多次都不靈驗，你還是堅持要用？」死鬼用一種很瞧不起人的語氣道。

「這是為了以防萬一啦。要是這次去又遇上什麼臭牛鼻子，首當其衝一定是你這個孤魂野鬼，說不定我這符咒能以毒攻毒、發揮神奇的法力。」我在心裡默默背著之前裝神弄鬼時記起來的咒語。

死鬼不屑地說：「別白忙了，那些東西都用不上，你只要帶著腦子和警覺心出門就行了。雖然據那位長老所說，那是只有少數高層知道的密會，人數不超過十人，但難保他們攜帶強大火力。到時候請你務必不要輕舉妄動。」

「那麼，我這張『散彈』符一定會有效。書上說它的功能是『同時大量發出具有殺傷力的火球殲滅多數敵人』，比真槍還有效吧？」

死鬼沒接我的話，只是好心提醒我今晚鬼婆婆會來訪，讓我睡熟一點，才不會被她滿是皺紋的老臉嚇醒。

「恐怖死了！那個女鬼的真面目怎麼這麼恐怖！」

死鬼一臉似笑非笑道：「你夢見了女鬼？」

「廢話！不是你邀她來的嗎！」我怒吼。

「那是騙你的。我純粹想驗證日有所思、夜有所夢的真實性。」

我正要揮拳往死鬼那虛偽的臉揍下去時，小鬼好死不死起床了，我只能把怨恨往肚子裡吞，硬擠出個慈祥笑容向他道早安。

「把拔和葛格今天要出門，你今天乖乖地去歐巴桑家……」

「我也要去！」

「不能啦，你乖一點，我過幾天帶你出去玩。」

不過小鬼不領情，嘴巴一扁開始大哭：「我要去！我要去！」

他哭得聲嘶力竭，還死死抱住我的腿不放，任憑我好說歹說威脅利誘都沒用，一副如果不帶他出去就同歸於盡的氣勢。

死鬼一臉好笑看著我，似乎在說：這麻煩是你自找的。

「你還有時間看熱鬧?!再不把他勸走，我們今天都不用出門了，青道幫的事就等下個世紀再解決好了！」我橫鼻子豎眼對著死鬼罵道。

死鬼收起玩笑樣子，蹲下來對著小鬼道：「放手。」

小鬼似乎斗了一下，將哭聲硬生生嚥了下去，不過兩手依舊沒鬆開。

死鬼沉下臉，再度開口：「放手。」

他的晚娘臉我見識多了，早就習以為常，不過對於其他人殺傷力應該極大。

小鬼鬆開了手，往後退了幾步，警戒害怕的表情就像遇到威脅的小狗一樣。

我不滿地對死鬼說：「你幹嘛凶小孩子啊？看他現在怕你怕得要死，明明是爸爸卻不敢跟你說話。」

「他的父親之事日後自有定奪。不過若是我的兒子，當然更不可能放任他耍賴耽誤正事，你說是吧？」

死鬼回答我的話，眼睛卻看著小鬼。小鬼嚇得不敢動彈，戰戰兢兢地點點頭。

……嘖，這傢伙真是一點父愛都沒有。

我將小鬼送到歐巴桑那裡，他一臉哀戚地目送我和死鬼離開。我雖然很想好好地「教育」死鬼一番，教他怎樣做個好爸爸，不過還是得先辦完正事再說。

死鬼凝重地看著我道：「這次你的任務就是當誘餌，讓他們找上門來。」

「怎麼個當誘餌法？現在青道幫都解散了，我去哪裡給他們釣啊？」我手叉著腰問。

「我吩咐你的帶了？」

我從包包裡翻出死鬼說的東西。「喔，有啊。」

「拿好，那就是你這個誘餌的誘餌。」

死鬼讓我戴上假髮、變裝了一番，然後浩浩蕩蕩直闖他所謂的「釣魚場」。

我到了市中心電視臺大樓。這家電視臺號稱報導最八卦、最辛辣也最不負責任，因此一天到晚都有藝人或政客告他們誹謗或妨害自由。但越告他們的收視率越好，現在還跨足了報紙和雜誌出版，輕易成為閱讀率最高的報紙。

「他們揭發了很多弊端呢，還有那些喜歡搞祕密的藝人，也都逃不過他們的狗仔隊。」我讚賞地說，「這家新聞充分發揮了媒體監督的責任，真該說是所有新聞媒體的楷模。」

「若忽略報導的可信度，並將之視為娛樂新聞，那麼他們的貢獻算是頗大。」死鬼不以為然地說。

「那你帶我來這做什麼？不是因為信任他們？」

「因為他們從不查證消息來源，一切照單全收，否則怎麼會有電視臺相信你這來路不明的人的話？」

我搖頭道：「你太小看現在的記者了。他們最愛從臉書上抄新聞了，我現在去貼一篇聳動的文，保證明天各家都會報出來！」

我走進電視臺大樓，櫃檯小姐很親切地指引我「爆料部門」要往哪裡走，還會有專人一對一服務，相當周到。

我在會客室等待時問道：「你要我拿青道幫解散的那張光碟片給電視臺吧？可是這不是遲早會知道的嗎？他們本來就打算要發公開聲明，只是被警方攔住了。」

死鬼幫我整了整歪掉的假髮。「光靠那些影像當然無法造成什麼效果，但你知道的內幕遠不只這些吧？」

我恍然大悟，問道：「那些內幕我應該要爆到多少程度？」

「到你認為足以引出青道幫為止，我會在一旁提醒你。」死鬼囑咐著，「重要的是，這必須即時播出，要是等到晚間新聞就太遲了。」

「收到。」我嚴肅地說，「我一定會盡所能顛倒是非，這樣他們才會覺得有報導價值。」

死鬼皺眉準備反駁我時，爆料專員推門走了進來。

負責的是一個四十歲左右的男人，他見到我的爆炸頭時露出了然的樣子，道：「那是掩人耳目的偽裝吧？看來您帶來的是夠分量的消息。」

我正襟危坐道：「我帶來的消息的確很有價值，不過假髮不是掩人耳目用的，而是吸引注意用的。」

我拿出光碟片，向他簡單解釋了裡面的內容。他拿起光碟片，看著盒子上印的「《啊凡達2》」、半信半疑地問：「你是什麼人？」

「我是青道幫組員。」我將之前偽造的身分證、青道幫識別證和徽章放在桌上。「而且我知道很多光碟裡沒有的機密。」

那男人邊記錄我說的話邊確認光碟片的內容，看了沒一會兒他就一改之前半譏笑的臉色，鉅細靡遺地詢問細節。然後像挖到寶似地抓起電腦就往外衝，連招呼我的時間都沒有。

所以說媒體工作者都很敬業，知道了這種消息還能不為所動，只在乎它的新聞價值。

沒多久，門被用力地推開。進來的人除了剛剛的專員，還有幾個中年男人。我看看他們掛的識別證，有新聞部部長和社會新聞組組長之類的頭銜。

我下意識地瑟縮了下身子，這種陣仗看起來有些嚇人，該不會是剛剛唬爛被發現了吧？

「別像個小癟三一樣，坐好。」死鬼命令道。

……你才像俗辣咧！我暗罵道。

不過，我的擔心是多餘的，那些老頭子一開口就要求我上晚間新聞，還保證絕對會保障我的人身安全。

「太慢了。」我一口回絕。「你們應該可以插個新聞快報吧？我希望可以馬上召開記者會說明。」

老頭子不斷跟我盧，硬要我上晚間時段，那時看新聞的人數最多，才能有效提升收視率。

我裝模作樣看了看手表。「你們要拖到那時候也不是不行，只是其他電視臺應該已經準備播放這段影片了。你們不會以為我只有一片光碟吧？」

於是，新聞臺做出決定，暫停目前節目，緊急播出特別新聞，標題是「驚爆！全國最大黑幫解散?!」，副標是「青道幫堂主現身說法！」。

「堂主？你？」死鬼看著螢幕上打出的文字冷笑道。

我們在大樓裡其中一個攝影棚，這個攝影棚是一個挺有名的政論節目專用，為了訪問我，那個名嘴主持人還特地被叫來跟我一起彩排。因為有死鬼的幫忙，我對他們的問題都能應答自如。

滿場工作人員忙著接線調燈光和製作腳本，我被晾在旁邊，死鬼則興致勃勃地到處參觀，嘲笑我在主持人的介紹劇本裡，被寫成高大威猛、沉穩睿智的黑幫角頭。

「反正有片毛玻璃擋住，製造點噱頭也不為過。」

電視臺為了我的人身安全著想，建議我拿掉顯眼的爆炸頭，不過這樣就無法辨識出特徵，因此我還是決定戴著，隔著毛玻璃也能很清楚地看到輪廓。

節目正式開始之後過程沒有啥特別的，先放了青道幫的解散DVD，然後再訪問我，連聲音也經過處理。在安排好後的節目流程之後，我趁著現場直播無法喊卡，不顧主持人的暗示，硬是加油添醋、說得天花亂墜。

「所以說，這一次的解散當然有其意義在。」

我將別在衣領上的麥克風直接拿下來接著講。「這是琛哥及其他長老們主導的勢力交替，他們幹掉了幫主再掏空幫產，這種作法你說對嗎?!我不顧生命危險跳出來就是為了一個公道！就算死了一個我，還有千千萬萬個幫眾！」

「呃，來賓情緒過於激動，我們先進一段廣告……」

我跳起來扯下主持人的麥克風，義憤填膺地說：「各位兄弟，你們為了幫裡出生入死，現在上層一句解散就將各位的辛苦全化為烏有，你們說這樣合理嗎?!」

「那、那個……本節目不建議這樣煽動群眾……」

「閉嘴！否則我宰了你！」我喝道。「兄弟們，無故解散、連遣散費都沒有說得過去嗎！難道要任憑高層剝削你們嗎？只要投我一票……咳！不對……總而言之，琛哥以及那些和他狼狽為奸、貪汙收賄的長老們聽著，法網恢恢，你們做了此等天理不容的事，別以為我會輕易放過你們！記住我的臉，哪一天你們半夜驚醒時……」

我講得正高興，死鬼很不識時務地插嘴：「你可以停下來了。」

我環視攝影棚，只見所有人都鄙夷地看著我，而幾臺攝影機都已經卸下了。

主持人怒氣沖沖地將我手中的麥克風搶回去摔在地上，吼道：「誰找來這個跳梁小丑的?!我這是社論節目，不是搞笑節目！」

幾個剛剛跟我洽談的部長局長三小的，也是一臉惱怒。

我吐吐舌頭，小聲跟死鬼說：「糟糕，我好像演得有點過火，對不對？」

死鬼聳聳肩：「至少你成功地達成我們一開始的訴求，雖然方法很不得體。我想，多少會有人注意到，只是你這樣胡鬧的結果，可能會被視為一場鬧劇。」

我還來不及表達我的錯愕和後悔，就被揪著領子攆出攝影棚。

這家新聞臺相當沒道德，竟然翻臉不認帳，連一開始講好的通告費都沒付給我。

「本來還想趁機撈一筆的……」我從地上爬起，揉著摔痛的屁股並咕噥著。「怎麼辦？這個計畫是不是被我搞砸了？看到的人只會把我當瘋子吧？早知道我就不要這麼誇張了。」

死鬼將我從地上拉起來。「那倒還不至於，起碼知情的人就能分辨出來你的話是真是假。關於幫產的情報目前應該只有負責調查的警方和青道幫高層知情，你現在揭露出來，想必『他們』會對你的身分感到好奇。」

「呼，好家在，我還以為這次真要前功盡棄了。」

死鬼扯住我的手腕，湊近道：「不過，接下來可能會有危險。為了避免讓琛哥這樣的能人異士發現我的存在，我必須隱藏行蹤。」

死鬼的聲音直接傳進我的耳朵裡，無法像一般人的聲音一樣在空氣中引起震盪而形成回聲，因此無論何時何地，他的話語都是如此清晰堅定，沒有一絲遲疑拖沓。

我小心地問：「你是指，連我都看不到的那種隱藏？」

「是的，我會隱身待在你旁邊。」

死鬼決定立刻執行隱身計畫。現在是下午四點，離節目LIVE播出開始已經有段時間，有心人士應該差不多出動了。

看看手表再抬起頭，死鬼已經不見蹤影。

我推開安全門重回人群之中，這裡依舊一片兵荒馬亂，從他們的對話中依稀聽得出在為我捅出的婁子想辦法做補救。幾個工作人員面色不善青了我幾眼，我立刻啐回去：「看三小！拎北揍死你！」

他們悻悻然轉過視線不敢多說。我竊笑道：「科科，黑道頭銜還是有點用處嘛。」

身旁並沒傳來如同往常的回應，我才想起死鬼已經隱身了。

我繼續走，跟我擦身而過的人都偷偷打量著我，讓我渾身不自在。這種情況並不是沒遇過，只是以往都有死鬼跟著，所以不會太在意。我暗罵自己的俗辣性格，為什麼非得要跟別人在一起才敢逞威風？

我抬起胸膛，無視那些充滿探究意味的目光。不過為了保險起見，我還是非常小聲地問了一句：「死鬼，你在嗎？」

「嗯。」

聽到他敷衍地應了一聲，沒有多說話。雖然只是小聲的回應，但讓我頓時又充滿信心，繼續瞪視威嚇電視臺工作人員。

不過左右見不著那死人頭的感覺還是很奇怪，我忍不住再問了一次：「死鬼，你在嗎？」

「……在。」

「噢。」

我搭電梯下樓，狹小的鐵皮箱子裡摩肩接踵，前胸後背都和別人貼在一起，不過幸好我前後是身上散發著香氣的漂亮姐姐……我赫然想起，死鬼能搭電梯嗎？以往他搭乘電梯一定要靠我才行，否則會掉下去。但現在看不見他，無法確認，我只好硬著頭皮道：「哈啾！在嗎哈啾！」

我巧妙地將問話和噴嚏結合在一起，引來四面八方的厭惡。一樓到了，大家匆忙走出電梯。

死鬼這時才出聲：「我一直在，麻煩你不要再問了。這樣我隱身的意義何在？」

「意義是三小？拎北只知道義氣……義……」

我沒來得及說完這句臺詞，就被嚇得住了嘴。不只是我，所有來到一樓的人都一樣看著大廳門外的景象而說不出話來。

環繞整個一樓的透明落地玻璃帷幕，本應可以看到中庭宏偉的噴水池以及修剪整齊的矮灌木叢，現在卻被密密麻麻的黑影遮住了，大廳裡也站滿了人。仔細一看，我馬上就明白那些人的來頭了。

那黑壓壓的一大群牛鬼蛇神全是青道幫成員！

「沒想到你還挺有號召力的。」死鬼嘲諷道。

幾個警衛努力地將那些流氓們擋在門外，但那些人的躁動不安似乎已達到鼎沸之勢，叫囂咒罵聲此起彼落，鬧哄哄的像是早晨的菜市場。

「死鬼，我覺得真正握有可靠信息的人不會混在這裡面，還是先走為上策……」

一個電視臺職員回頭看見我，大叫道：「出來了！在這！」

所有人同時將臉轉向我，看到他們凶神惡煞的模樣和手臂上龍飛鳳舞的刺青，我差點沒尿褲子，心中只剩一個念頭：死鬼，今天咱哥倆是真要攜手赴黃泉了吧?!

一個看起來比其他人稍稍斯文些的男人，一開口卻是很不客氣。「這兔崽子是誰？你是什麼狗屁堂主？」

我連忙搖手澄清：「這、這其中一定有誤會，我可沒說過我是堂主……」

另一個人插嘴道：「上電視的是你吧！我看那鳥頭就知道了。錢真的都被吞了？你今天不給出一個交代，就別想走出這裡！」

一提到錢，馬上群情激憤起來了，大家爭先恐後往我這裡擠，紛紛伸手想揪我，還一邊大罵要我把錢吐出來。

我真是哭笑不得。這些人大概平常肌肉用多了，腦子不太好使，明明就說是那些高層吞了，與我這種看起來像跑腿小弟的人何干？

一時間大廳裡外都亂成一團，寶特瓶、啤酒罐、空香煙盒和鐵撬漫天飛舞，被擋在門外的人見到裡面有異狀，也不顧警衛的攔阻，一窩蜂地全湧了進來。

你推我擠之下，一群人已經打了起來，他們似乎模糊了來這裡的初衷，打得酣暢淋漓，完全忘了我的存在。

「你還有心情看戲？」

我一轉頭見到死鬼，開心說：「哈，你還是不得不出來了。」

「我擔心再待下去你就會屍骨無存了。」死鬼抓住我的手臂，轉身往後頭走。「跟好，後面人比較少，我們從安全門出去。」

死鬼在前面奮勇地開路，還順便撂倒幾個不分青紅皂白、掄著棍棒想襲擊的傢伙；我貓著腰，一路施展「獼猴偷桃」，低調迅捷但戰績輝煌。

我們從安全門溜了出去，繞到前面時方知戰況之激烈，整個中庭塞滿了人，路邊停滿看熱鬧的車輛，中央分隔島的這一邊的四線道馬路擠得水洩不通。

「唉，該怎麼說呢？」我感嘆道：「人還真是容易被煽動啊，隨便唬爛幾句就能造成空前盛況。如果再多掌握一些證據，就會演變成大規模暴動了吧。」

「你很得意？」

「只是覺得，說不定我應該去從政……」

語音剛落，死鬼猛然抓起我，迅雷不及掩耳地閃進一旁大樓的柱子後。

「怎麼？被發現了？」我緊張地東張西望問道。

死鬼指了指對面馬路，那邊同樣有數十輛為了看熱鬧而違規停在安全島旁的車輛，其中有輛閃亮的黑色勞斯萊斯相當顯眼，長寬比起現在流行的省油小車硬是多出一大截，一看就知道是黑社會用車。

「就是他們？」

死鬼點頭道：「終究還是引他們出面了。」

「哇靠，這些傢伙還真是怕人家不知道他們是什麼身分咧，都解散了還這麼招搖。」我嘲笑道。

「不是那些人。」死鬼對於我的妄加臆測沒做出任何表示。「是那輛藍灰色的廂型車。其中一人是青道幫的長老。」

停得更近一些的廂型車，車窗貼滿了反光紙，看起來就很可疑。車旁站著兩個男人，其中一個小老頭一臉長老的樣子。

他們應是在外圍觀望。青道幫成員眾多，在如此群情激憤時刻，萬夫所指的目標貿然出現在暴動現場，一定會被扒一層皮下來。

「不過由此可見，他們人手應該嚴重不足吧？為了堵我這種小咖，竟然還要長老親自出馬，嘖嘖嘖。」

「別沾沾自喜，不管誰來你都是死路一條。」死鬼冷淡說，「多虧了這些來鬧事的人，計畫可以做些改變。本來打算讓你被抓走，現在我們可以直接跟蹤。」

我大驚失色。「你本來打算讓他們綁架我？沒想到你會打這種壞主意！你還是不是人啊！」

「如果你希望我表現出一點人性，那麼就閉上嘴。」死鬼不耐地說，「他們開車，你靠兩條腿是追不上的，計程車又太明目張膽了，你應該可以弄輛車來？」

我嘟囔著：「你這傢伙，連利用我的時候都不會客氣一點，當我好欺負用完就丟嗎？」

我在死鬼的瞪視之下急 CALL 胖子過來。他胖雖胖，動作卻相當迅速敏捷，不一會兒，就見到他龐大的身軀騎著小綿羊飛馳而來。

胖子呼哧呼哧地喘著氣，跳下車說：「快點，我剛剛闖紅燈被兩個條子盯上了，你小心點別被逮到。」

我從胖子手中接過安全帽道：「謝了，今天晚上再還你……哇賽，胖子，你的頭太大了吧！你的安全帽大得可以煮火鍋了！」

胖子大聲道：「那是因為老子腦容量大，你這個凡人怎麼會懂！話說回來，你又被追殺還是在搞什麼諜報活動？」

我勾著安全帽道：「好啦，回來我請你尬撞球。你快走吧，那些條子一定記得你。」

胖子回頭，遠遠看見交警的摩托車。他往地上啐了一口道：「媽的，這麼快就追來了，我閃人先。」

我將小綿羊牽到柱子後。死鬼皺眉道：「這種車？騎車曝光的機會太大了。」

我理直氣壯說：「就算有拉風帥氣的跑車也是白搭，我又不會開車。」

死鬼雙手交叉在胸前，一副我不懂他的用心的模樣道：「原本預計是我開車，你躲在後座。」

「笨蛋！這不就變成了幽靈車？更引人注意吧。」

我們躲在柱子後方窺伺著廂型車的動靜，在車子旁的兩人不耐煩看著大樓前越演越烈的戰況，似乎在等斥候回報。

微弱的警笛聲如蚊蚋的拍翅一樣細細地鑽進耳裡，不大聲卻讓人為之心驚。聽到這聲音，那兩人對視了一眼，隨即上了車準備落跑，大概是不打算等他們的同伙了。

我跨上小綿羊，回頭對死鬼說：「抓好，讓你見識一下我高超的騎車追蹤技巧！」

死鬼只是冷冷地看著我，一手舉起車鑰匙晃了晃，胖子的裸女掛飾隨之搖著。「鑰匙還在我手上。」

我訕訕地將鑰匙搶過來，懶得辯解。

廂型車往前開了段路後，我才騎著小綿羊緩緩駛出大樓的遮蔽，橫越馬路直接切到對向車道。

這時已是華燈初上，下班的車流淌滿了市區所有道路，因此那輛廂型車在堵塞的馬路上前進得相當緩慢。

我停在距跟蹤目標四輛車後的地方問死鬼道：「你怎麼知道他們一定會去那個會議？說不定是像其他人一樣來討債的咧。」

死鬼兩腳踏在地上幫我穩著車身，因為胖子這臺破爛的小綿羊苟延殘喘了好幾年，撞了無數次，因此車體歪斜得相當厲害——其實是被胖子的體重壓歪的。

「那兩人其中之一留八字鬍的小個子，是琛哥相當倚重的得力助手，在青道幫裡是位階最高的長老，在他之上只有琛哥和幫主。」

前方突然響起刺耳的喇叭聲，只見藍灰色廂型車似乎受不了堵車，試圖從層層車流中殺出重圍，不斷鳴著喇叭並往右邊移動。旁邊的車被它一壓迫，不得不縮短與其他車輛的車距空出位置。

在這尖峰時段做出如此白目的舉動，理所當然受到了其他駕駛人的喇叭洗禮，頓時，震耳欲聾的喇叭聲響徹街道。

我催動油門從旁跟上去，死鬼卻突然抓住我的手讓我停下，害我差點連車帶人一起翻倒。

我大吼道：「肖欸，這裡已經夠堵了，你還想製造車禍找麻煩嗎?!」

死鬼撐起歪倒一邊的車身，眉頭緊鎖著說：「先等一下，我們應該先評估情況。」

「情況就是，再不追上去他們就要溜掉了!」

「這會不會是陷阱?」死鬼沒甩我，「這裡的巷道連接到環河快速道路，與這條路通往的方向截然不同……難道是原本就預定好的路線?也有可能是為了擺脫跟蹤……」

死鬼杞人憂天了許久才決定讓我跟上去。

「你這傢伙真是婆婆媽媽耶。」我看著車尾燈消失在巷子口的廂型車，邊抱怨邊努力地從窄小的車距中鑽出去。「他們一定是怕被跟蹤，所以才用了這種迂迴戰術，讓跟蹤車被困在這裡。不過打死他們都沒想到，跟蹤者竟然騎小綿羊，科科……」

PHANTOM

Chapter 5

危機四伏的調查

AGENT

這一帶發展較早，市區內的巷道規劃不是很完善，而旁邊的高架橋下多是倉庫，將整個地區切割得支離破碎，在狹小的巷道中左彎右拐很容易就迷失方向。這裡沒什麼人煙車輛，要隱藏行蹤相當困難。

死鬼坐在我身後，幫我指引因過大的安全帽而變得狹隘的視野。因為有他的監控，我得以順暢地保持數十公尺的安全距離而不必擔心跟丟或被識破。

鼻腔裡竄進一絲煙味，應是焚燒垃圾的味道，這代表我們已經靠近河岸了。這裡有很多工廠，這時早已下班，只有遠處依稀傳來機器運轉聲。我不自覺地放慢速度，小綿羊的引擎在這安靜的地方聽起來特別吵。

「他們越開越偏僻了耶，果然還是這種地方適合這些黑道分子。」

「停車。」死鬼吩咐道。

我按照死鬼的話，將車子停到了一旁。「為什麼要停下來？他們開過前面的轉角了耶，這樣不會跟丟嗎？」

「看到幾輛不應該出現在這裡的轎車，我想應該是到了。」

我貼在牆壁上，躡手躡腳走到轉角。這條橫向的路相當寬闊，地上全是巨大的輪胎印縱橫交錯，路旁胡亂停放著怪手和起重機。沿著這條路看到底，盡頭是一間占地廣大的鐵皮搭建工廠。

我們追蹤的目標——藍灰色的廂型車——正停在工廠門口，車上已沒人，一旁停著幾輛簇新的轎車。

「一、二、三……六輛車啊。就這數量看起來，應該沒有很多人吧？」我猜測著。

「小心一點，這是青道幫巨頭們的集會。這些人能坐到現在的地位，一定是靠著過人的本事和心狠手辣的手段。」死鬼告誡著，「等一下要聽我的吩咐，知道嗎？」

「知道了啦老媽，你已經講到我的耳朵都快長繭了！」

「方才測試過我和你可以保持的最大距離。」死鬼道：「老實說，我現在狀況不是很穩定，所以無法離你太遠。等會兒你先在工廠外等，如果有必要我會再叫你……」

「喂！你把我千里迢迢叫來，就只是讓我在外面等？」

死鬼溫聲道：「你也應該知道今天的情況，如果不是正好碰上我的靈力衰退期，我不會讓你過來的。你只要待這裡就能對我有幫助，除了這點，我沒有其他要求。」

……這樣才令人擔心啊！

死鬼從來不會輕易示弱，如果他都親口說出「狀況不好」，那就代表一定是很糟糕的了。之前，死鬼就算離我幾個街區遠，都能發揮足夠的力量，但現在要是差個一、兩步說不定就力量全失了，要我待在看不見他的地方等，我一定坐不住的！

我看看天空，別說是月光了，連顆星星都沒有。為什麼就如此倒楣遇上沒月亮的時候？如果晚個幾天，等死鬼力量恢復就好了。

「死鬼，你只要進去偷聽就好了，千萬不要輕舉妄動！就算看到琛哥還是誰的也不能跟他拚命，知道嗎？」

我終究只能說出這樣的話。我無力阻止死鬼，甚至連保護自己的力量都沒有，還要他分神注意我，如果我能再有擔當一點……

死鬼似乎看出我的顧慮，語氣相當柔和地說：「今天的主要目的純粹是為了得到情報，不會有突發行動。所以不用想太多，手機拿著，要是有不尋常的狀況就趕快離開，通知小重。」

死鬼先隱身查探周圍，確認沒有其他人站崗才通知我。我從路旁的起重機後面繞過去，走到了工廠的一側。

「你就在這裡等。」死鬼看了看我的位置，比對工廠的大小。「這裡是死角，要是出事了你就從原路走回停車那裡，短時間內不會被發現。」

「收到。」我嚴肅地說，「你不要隨隨便便現身，這樣就算是琛哥應該也拿你沒辦法吧？你要趕快跟上我，否則我就直接騎回來衝進去找你。」

死鬼沒說話，用力地握了一下我的手，隨即轉身消失在鐵皮牆壁裡。

我看著他消失的地方，觸手堅硬冰涼。我背靠著牆壁緩緩蹲下來，緊張地確定口袋裡的手機調靜音，剛剛偷偷藏起的扁鑽也在。為了保險起見，車鑰匙插在車上沒拔，以便於等一下衝過去可以馬上啟動車子逃跑……

沒事的！我催眠自己。青道幫的長老們都是些腦滿腸肥的糟老頭，唯一會對我們造成威脅的琛哥還在國外，今天這狀況不足為懼。

夜風吹得我渾身一個激靈，初春的晚上還是有點涼意。我打著哆嗦看了看時間，死鬼才進去五分鐘，我就胡思亂想了五分鐘，這段時間真是漫長得折磨人。小學開班會都要開整整一節課咧，青道幫的會議理所當然會更久……

靠！只能空等實在讓人坐立不安。

周圍相當安靜，死寂得不像是在人口百萬的繁榮都市內……有問題！一定有問題！就算是開會也應該會有聲音。我將耳朵附在鐵皮牆上，側耳傾聽裡面的動靜，還是聽不出個所以然。

我的胸口突然盈滿了不安，恐懼像隻手般攫住了我的心臟。至少要讓我確認裡面的情形，看一眼就好，知道死鬼沒事就好……

我像著魔般，將死鬼的叮囑完全拋諸腦後。我走向工廠後方，踏在雜草叢中發出卡沙卡沙的聲音。

工廠後方有一座鐵梯直通到屋頂，我悄悄攀了上去，爬到氣窗的同高位置。不過看進去卻是一片烏漆抹黑，玻璃似乎被作業引起的油煙燻黑了，只能看到工廠裡堆積如山的器具影子及其間透出的昏黃燈光。

我繼續爬上屋頂，風一下子吹來，害我差點失足。我低頭躲著強風，先試著踏上一隻腳。這屋頂還算結實，用力踩了兩下只發出輕微吱呀聲，應該足以承受我的體重。

剛站上屋頂，我就看見有個一個四方形的大天窗。天窗沒關，我直接伏在洞口往下看。不過這裡的條件並沒好到哪去，亂七八糟的橫梁和巨大的器械機組擋住了大部分的燈光和視野。

到這緊要關頭，我又不知該如何是好了。從外面偷看和深入敵營完全是兩回事，要是被死鬼發現，我一定會被他削得屍骨無存。

我苦苦思索，最後感情還是戰勝了理智。君子有所為有所不為，對我來說這是生死攸關的大事，如果死鬼要扒皮我也認了！

我攀下天窗，橫梁離屋頂有點距離，我慢慢放鬆手臂力量使身體下降，甫一放開手，身體就往旁邊斜倒。我趕緊抱住了橫梁，避免直接摔到那些不知名的機器上。

雖然剛經歷了生死關頭，但我大氣也不敢喘一下，顧不得兀自劇烈跳動的心臟，便開始往旁邊移動。雖然雙膝跪在橫梁上爬實在很難看，不過我只能用這種方法降低重心來避免跌落。

工廠裡瀰漫著鐵鏽味，聞著讓人很不舒服，這味道會讓我想起不久以前的地獄一遊，那裡所充斥的無盡的絕望就是這種氣味。

我往工廠中央移動，燈光就是從那傳來的。爬了一段之後，我找了距橫梁較近的一臺機器，小心翼翼地先踏下一步，確定機器不會因此轉動後才放下另一隻腳。

猛地，我的腳踝一緊，另一隻作為支點的腳便滑動了。我手忙腳亂地想抓住任何可以攀住的東西，但往下掉的力量出奇的大，像是有人拉住我的褲腳往下拖。

我的手指擦過了機器的橫臂杆，接著水泥地以光速般的速度急遽朝我撲來，我只能緊閉雙眼、咬緊牙關。

不過，從高處墜落的疼痛並未如預期中襲擊。我感覺到褲管似乎被什麼東西勾住了，硬生生中斷了我的下墜。我的身體震了幾下後，便保持著頭下腳上的姿勢吊在半空中。我往上看……不，應該是往我的腳邊看，心裡暗嘆今天運氣還真不錯，都這樣掉下來了還能逃過一劫……那是?!我睜大眼睛，呼吸停頓，感覺到冷汗從背後沁出，順著脊梁滑到我的後頸，滲入髮際。

順著我的腿看上去，本應是勾住機器的右腳，卻被握在一隻蒼白的手上，而那隻手以上……沒有其他該有的部位！我敢打賭，這時體內的腎上腺素一定在急速分泌中。我怕的不是鬼，而是那是死鬼。

「我、我錯了行吧？就是擔心才會……」

說出這種話來是如此不像我、是如此喪權辱國，死鬼一定不明白，但現在只能盡我所能做出後悔愧疚的樣子。

死鬼的身體慢慢浮現。抓著我的腳一臉陰鷙地說：「你最好有讓我信服的理由。」

「我……」我一開口，就被死鬼怒瞪回來，只好慌張地點頭，求他快將我放下。

死鬼抓著我緩緩下降。讓我鬆口氣的是，縱使在生氣，他也沒將我丟在地上洩憤。

說時遲那時快，在我離地還有寸許時，死鬼就狠毒地鬆開手讓我跌了個狗吃屎。

雖然跌得很痛，但理虧的是我，我也不好說什麼，只能嘴歪眼斜表達我的無辜和不滿。

死鬼冷著臉降落，就在他的腳沾地剎那，刺眼的紅光從他腳下冒出。

我反射性地抱住頭閃避，然後工廠裡所有燈光同時亮起，一時間將這昏暗的室內照得如同白天一樣明亮。我驚慌失措地看向死鬼，發現他的臉色相當嚇人。

「我動不了。」死鬼低沉地吐出幾個字。「我們中計了。」

他的話在我腦子裡炸開了，但我混亂得無法理性思考，什麼叫「中計」？

死鬼的腳下，厚重凝結的灰塵被掀起，地面上露出幾個紅色的大字。

曾做過一陣子冒牌天師的我很清楚，那是用硃砂書寫、抓鬼用的咒文！

背後傳來雜沓的腳步聲，我心知那一定是設下陷阱的人！我連忙衝上前去，試著將死鬼拖出那幾個大字範圍，但無論我使盡吃奶力氣都無法撼動死鬼的身體半分。

「怎麼會這樣?!」我著急地說，「這我不知道寫過多少次了，明明一點用都沒有啊！死鬼，快動動你的腳，別傻站在那裡啊！」

我背靠在死鬼身上、雙腿蹬著地，使勁地往後頂。我弄得臉紅脖子粗，但死鬼的身體依舊直挺挺地站著，就像生了根似的。身旁的一切似乎離我很遠，耳中只聽到我促重的呼吸和如擂鼓般的心跳。死鬼說著什麼，但我聽不清楚。

幾雙腳出現在我低垂的視線裡。我緩緩抬起頭，眼前是七、八個男人，站在前方的幾個人氣勢不容小覷。為首一人，正是剛見過的八字鬍老兒。

「終於逮到了。」八字鬍老頭微瞇著眼睛，將死鬼從頭看到腳，再看回我身上。

我被他那種打量的眼光搞得如坐針氈，渾身不自在。

死鬼說得沒錯，這些長老們和我是活在不同世界的人。光是站在他們面前，那股陰冷的感覺就讓我不自覺地發抖。

但我不能退縮，我的後方還有必須守護的人。

「你知道我會來？」出聲的是死鬼。

八字鬍長老微微頷首，面無表情道：「正想著怎麼收拾你們，你們就撞進來了。」

死鬼臉上出現些吃驚。「這是誰的主意？若非琛哥，你們怎能知道我的存在？」

「我認識你這麼久了，當然也清楚你的脾性。」一個不屬於這些人的聲音突兀地插入。這聲音有些蒼老而富有威嚴，卻隱含著讓人不寒而慄的殘酷。

這聲音相當耳熟，我第一時間以為是琛哥，但稍一思考就明白這是屬於其他人的聲調。一男人從長老們身後走出來，看上去大概六、七十歲，長老們恭敬地退開讓那男人通行。

這人是……？

我試圖從腦袋裡的資料庫找出這男人，不過卻在看到死鬼的表情時停止了運轉。死鬼露出前所未見的不可置信、驚慌，和我無法言說的……各種情緒交雜，扭曲了他端整的五官。

就在這時，我想起了這人是誰。

那如出一轍的語調、沉穩的表情以及年長智者般的氣質，絲毫不受他的身分或是所在地點而改變……不管他是以刑事局長的身分抑或是現在的叛徒之姿！與刑事局長的會面不過數月前，我和死鬼為了得知青道幫的交易資料去警局找蟲哥，當時和局長曾有過一面之緣。

「幾個月前，我記得在電視上看到過你。你是剛上任的警政署長。」我喃喃道。

我依稀記得，這個老人不僅是死鬼的上司，還是他相當尊敬的人，是死鬼的恩人和啟蒙導師……記憶如潮水般湧來。死鬼的死，警局內部偵緝祕密的洩漏，琛哥為了阻止章魚哥說出真正的黑手而不惜殺了他……所有的一切，都是因為這個背叛者。

之前紐克利基金會在他們大樓下方鑿了占地廣大的地下通道，這牽涉到的不僅是錢，還有整個都市規劃以及數不清的行政方面的問題。死鬼認定他們背後應該有政治人物牽線，當時也指示蟲哥往這方向調查，目的就只是想挖出與青道幫勾結的政客。

如今水落石出，這個背叛者竟然是處於國家警察權力核心的人。

署長穿得極休閒，但挺直的背脊就如同在電視上開記者會時一樣的正氣凜然。他不帶任何情緒地說：「我原本沒想過要對付你，否則就不會留你和這小朋友到今天了。為了以防你搗亂，我設下了許多陷阱，沒想到你今日竟然自投羅網。」

死鬼握緊拳頭不發一語。我渾身顫抖，死鬼是因為現身救我才會被逮到的？

「你不用自責，小朋友。」署長放輕聲音道：「我早就察覺到你們在場，本來就打算利用你讓他現身。你應該慶幸先行動了，否則到時候可沒這麼輕鬆。」

「您……為什麼？」死鬼艱澀地問。

「你指的是什麼？是我為何出現在這裡？是我為何要抓住你？還是我身為你父親的朋友卻冷酷地殺了已故老友的兒子？或是你更想知道我的真實身分？」

我看得出他每說一個字，就更加重對死鬼的打擊。我憤怒地說：「夠了！為什麼你要這樣做？青道幫給你的好處，真的值得讓你背叛信任你的下屬和良心嗎?!」

署長的表情就像是個睿智的長者，不厭其煩地教導著年輕人深刻的哲理，但他說出的話卻完全不是這麼一回事。

「這你就錯了。早在我進入警校前，我就是青道幫的一員……不，應該說，我是創建青道幫的人。」

死鬼的身體震了一下。我抓緊了他的手臂，問道：「你就是青道幫幫主？」

老頭子沒否認，看著死鬼道：「對於你的死我很遺憾，但你逼得我不得不下這道命令。不過我沒想到的是，你竟然能夠從陰間回來。聽阿琛報告時，我還不太相信，直到我在警局見到你和這位小朋友一起出現。這一切只能說是命運。」

「王八蛋！」我破口大罵。「這樣說來，你一定就是琛哥的師父對吧？既然你早就知道死鬼，那一定也知道我們在調查青道幫的事吧？為什麼不早點動手！」

幫主狀似無奈地嘆道：「本以為他身已死，你又是個沒力量的孩子，成不了氣候。不過真難為你們，竟然能夠查到這麼多事……我一直想避免與你們正面交鋒，畢竟你們是小輩，而我對故友的孩子也有所虧欠。但你們一而再、再而三地觸碰我的底線，情勢已不容我繼續寬貸，我只好出此下策，在阻礙形成前先將之剷除。」

死鬼突然伸出手將我拉到一旁。我驚訝地看著他的臉已經恢復了平常的模樣。他面對著昔日尊敬的長輩道：「那麼，您為的是什麼？你們這些日子以來的動作代表著什麼？」

幫主露出一絲微笑，讚賞般地看著死鬼道：「沒想到你這麼快就接受了。我一直認為你是個死腦筋且執拗的孩子，可能無法承受這樣的事實。」

死鬼不卑不亢地說：「那是您太不了解我。對於警局裡的內賊是誰，我設想過所有的情況，當然也包括您。」

「這樣啊……難怪你們能走到今天了。」幫主話鋒一轉，聲音沉了幾分：「其實青道幫解不解散都與我無關，對我來說，青道幫只是我達成目標的工具。如今我的目的已接近達成，因此也不需要了。」

「您到底策劃了什麼事？」死鬼問道：「您與已死的小章接頭、紐克利大樓下的不明設施、還有你們將幫產全部提領一空……這些事都有關係嗎？」

「你說得不錯，這都是為了我的最終目的而準備的基礎。」幫主揮了揮手，後面幾個看起來像是保鑣的傢伙走了出來。「當然，你們沒機會知道了。」

死鬼見狀一把將我拉到身後，有眼睛的人都知道要進行殺人棄屍的環節了。

「你不怕被揭穿嗎？」我叫道：「要是這一切被發現了，你就是死也無法償還！更別說你會名譽掃地，你的家人也會因此而蒙羞。」

幫主眯起眼睛，對我的話相當不以為然。

「嘿嘿嘿，別以為做得天衣無縫！」我大笑道：「想知道為什麼能如此斷定嗎？」

「……」

我沒說話，將手伸進口袋裡。才動作到一半，幾個保鑣馬上舉起槍口對著我。幫主揮手作勢讓他們退下。「無妨。」

我從口袋裡掏出個東西展示給他們看。那是我的手機，舉起的同時螢幕也亮起，上面顯示著通話中，通話人是蟲哥，通話時間超過十分鐘了。

我高舉手機道：「死鬼，你跟我說過一有問題就馬上連絡蟲哥。我這次可是照你的話做了，我擅闖之罪，你就饒了我吧？」

剛剛一發現死鬼被困住了，我第一個動作就是按下了手機的快撥鍵和錄音鍵。在這過程中，我忐忑不安地祈禱著，希望蟲哥不會正好在補眠。

這時，我終於確定，我想傳達的訊息，蟲哥都聽到了。

在眾目睽睽之下，我按下擴音鍵問道：「蟲哥，你知道這裡的情況了嗎？」

蟲哥的聲音有些遲疑結巴，但仍然清晰地傳了過來：「我……雖然很不可置信，但我已經聽到了。我和小隊正在路上，剛鎖定你們的位置，不出幾分鐘就會到！」

長老們一片譁然，緊張地看著幫主。

這件事的曝光，就如同我所說的，會讓這老傢伙一輩子無法翻身，不過最應該擔心自己前途的署長，臉色卻毫無變化。

「我不在乎此事為世人所知，否則也不會放著總部那些資料任你們看到。等我的最終目標完成後，這些都不算什麼。」幫主平靜地說。

「你還在說大話？就算再有錢、再有權勢，犯罪就是犯罪，無處可逃的！」我大聲道：「就算你要潛逃海外也不會成功，現在出入境局說不定已經貼滿你的照片咧！」

幫主微笑了一下，道：「這麼說起來，沒殺了你真是失策啊。」

我渾身顫慄。這一句話潛藏的殺意濃厚到我覺得呼吸都要停滯了。

「不要動他。就如你所說，這小鬼一個人不成氣候，放著他也無妨。」死鬼沉聲道。「你要的是我。」

「這你大可以放心，我不喜歡無故殺生。」幫主對著死鬼道：「你不在之後這位小朋友也不足以為患。就當完成你的最後心願，我不會動他……」

我打斷他們的話破口大罵：「我操你祖宗十八代！」

我死死抱住死鬼的身體。他一定覺得他如此犧牲自己想救我，我卻不識好歹。但我是個頂天立地的男子漢，不稀罕他救我。「不要拉我，你們這些王八蛋！一定是想把我拖到看不到的地方宰了對不對！你以為這裡是公海，殺人不用負責嗎？就算要死，我也要和死鬼一起死！」

保鑣們拽著我，但我就算被拉得渾身發疼也不能鬆手。現在我所能做的，就是儘量拖時間，到蟲哥來了為止。

死鬼抓住我的手道：「走吧，不要拖到事情一發不可收拾，趁現在還來得及離開這裡。他不會食言，至少在其他人面前說出的話會遵守。」

「你神經病發作了嗎?!」我罵道：「誰會相信那種人渣的話？更何況我怎能丟下你？要走就一起走，大不了我們跟他發毒誓說絕對不會再插手干涉青道幫的事！」

「我若有機會離開這裡，是絕對不會放過他們的。這一點局長也很清楚。」死鬼一字一字、鏗鏘有力地說。

我心中大喊：你這白痴！哪有人這樣說的？豈不是提醒別人一定要解決你嗎?!

死鬼看著我，臉色平靜，眉眼卻隱藏著難以言喻的情緒。他的目光在我臉上徘徊，對於周遭的一切似乎完全跟他無關的樣子。

「我真的希望，能有多一點的時間……」他喃喃說。

「廢話！我現在就是在拖延……」我說到一半，後頭突然一陣劇痛。瞬間，那疼痛麻痺了我全身的知覺。我維持著最後一絲清明的意識吃力扭過頭，在我身後只有一個人，能這樣做的……

死鬼的手停在半空中，五指併攏微微彎曲，是手刀的樣子。

我的腦子已經渾沌到連「為什麼」都無法想了，眼前所見就是唯一。死鬼的表情盤踞了我最後的思考，那是個我不願再想起、也不願再看到的樣子……

「……什麼事？快醒醒，小子！」

我睜開眼睛，只見一個背光的人影。周圍亮得刺眼，我試圖舉起手遮擋，但手卻虛軟無力地攤著。那人的臉孔在左搖右晃中慢慢地清晰起來，是蟲哥。

我眨了眨眼，試圖抬起頭，後頸的劇痛讓我一下躺了回去。

蟲哥抓著我的手臂劇烈地搖晃，邊大吼大叫道：「你沒事真是太好了！發生了什麼事？」

我用力掙脫蟲哥，坐起身罵道：「輕點！都快被你搞到脫臼了！」

……脖子好痛，大概是落枕了吧？我正要伸手喬一下脖子時，赫然發現旁邊圍了一圈的人，全都居高臨下、虎視眈眈地盯著我。

「不是我做的！」我立馬將雙手舉起。

「你睡迷糊了嗎？」蟲哥在我後腦拍了一下。

「嗚……」後頸好像越來越疼了，我撫著脖子問道：「死鬼呢？」

蟲哥驚異道：「組長也不在嗎？我趕來時這裡只剩下你一個人，署長……青道幫的人也不在了。我打你的電話希望組長能接起來，但遲遲沒有回應，我才在擔心呢！」

我的手機掉在一旁，顯示著好幾通未接來電。

我茫然地看看四周，到處是龐大的機械和走來走去的條子，我坐在滿是灰塵、髒兮兮的地板上。我擦了擦被灰塵蓋住的地板，露出下方的紅色文字。

記憶的開關被開啟了，剛剛發生的事斷斷續續地流了進來。

我的屁股下就是剛剛死鬼被抓住的地方！他人呢？

我努力地回想，但腦子裡的畫面亂成一團，出現最頻繁的是死鬼的臉……

我撫著脖子的手猛然一僵。

「死鬼！」我從地上彈了起來。

蟲哥一下子猝不及防，只是呆呆地看著我像瘋了似地尋找死鬼的蹤影。

「那個王八蛋為什麼要這樣做！」我聲嘶力竭大吼，「滾出來！你這傢伙躲哪裡去了！」

現場的警察們有幾個衝了上來想制住我，被我彎腰一一躲過了，但接著是更多人從外向我包圍而來。

……別妨礙我！我在心裡吶喊著，腳下一刻也沒停滯地衝了過去。

「等一下，你們都住手。」蟲哥從條子們的包圍網中突破，制止了他們。「小鬼，你也是，不說清楚我怎麼知道要如何幫你？我從電話裡只聽到你們的對話，無法了解全部事實。」蟲哥架著我往旁邊拖去，離開人群。

我花了些時間才平復紊亂的心跳，結結巴巴地向蟲哥道出事情始末。從我們偷來的硬碟一直到電視臺。一開始蟲哥知道我們特意瞞著他，他也大叫表達抗議，聽到了電視臺的騷動，他更是驚訝，沒想到警方亟欲封鎖隱瞞的消息會是我和死鬼揭露的。

最後，就和蟲哥從電話裡聽到的差不多了。

蟲哥皺著眉頭，看著我欲言又止。

「你知道什麼了嗎?你知道那老傢伙可能將死鬼帶到哪裡嗎?他家搜過沒有?」我近乎懇求地問蟲哥道。

蟲哥咳了兩聲，一手搭在我肩上:「你不用擔心，警方已經進入正式調查通緝程序了，如果有線索一定會告訴你。至於組長……我想他不會有事。」

「真的嗎?」我鍥而不捨地追問，「那老頭為什麼要抓走死鬼?」

「我想是因為組長可能掌握了重要的消息。」蟲哥輕聲道:「你想想，組長私底下做的調查，還有很多我們不知道的線人。青道幫主心思縝密，理所當然要扣住任何可能的關係人。」

雖然獲得了可能的解答，但我始終覺得心裡有塊疙瘩。

幫主是琛哥的師父，那麼法力一定比琛哥高上許多吧?他畫在地上的縛鬼咒我也會畫，但卻完全沒效果，而且他還能和地獄裡的章魚哥取得聯繫，讓他幫忙不知名的邪惡計畫……

死鬼連琛哥都打不贏，幫主更非他大暴走就能夠解決的對象。

我問蟲哥：「不知道那老傢伙會對死鬼做什麼？吊起來嚴刑拷打嗎……你在哭什麼啊？」

蟲哥眼眶泛紅，還不停地吸著鼻子，被我發現之後他趕緊抬起手用西裝袖子擦了擦臉。「沒、沒有啦！只是過敏罷了，這裡太髒了。」

沒想到蟲哥會有這麼纖細的毛病，他應是那種吃了瀉藥都沒問題的人啊。我尋思道：「該不會你也很崇拜那老傢伙？知道了他的真面目後覺得被騙了？」

「這倒也不是。我和那人並非那麼熟悉，真要說起來，組長對我才有提攜之恩……」蟲哥越說越小聲。

我奇怪問道：「什麼？」

蟲哥慌慌張張地站了起來，催促我道：「走吧，先回警局做筆錄，我們再來好好研究其他事。」

我坐上蟲哥駕駛的車子。在駛離之時，我回頭看著工廠外面拉起的黃色警戒線與其中穿梭忙碌的警察們，強忍住再一次跑進去找死鬼的衝動。

死鬼一定沒事的，說不定幫主正在勸他投誠咧……不過死鬼不可能會答應，現在可能在對他刑求中。一想到死鬼被酷刑折磨，我就無法保持平靜。

「你們應該會投入全部的警力調查那個卑鄙的老傢伙吧？我實在很擔心他會對死鬼不利，一定要把他繩之以法，為死鬼報仇。」

蟲哥握在方向盤上的雙手突然一滑，車子整個打橫滑出去了好幾尺才停下來。緊急煞車時我因為那作用力差點飛出去，幸好車速不快。我驚魂未定地撫著胸口，吼道：「你……」

「你……」我還沒幹譙前，蟲哥先開口了，神色相當不自然。「你還不明白嗎？」

我莫名其妙道：「什麼？你是說幫主是殺了死鬼的幕後主使？這我當然知道啊，我可是在現場從頭聽到尾的耶。」

蟲哥怔怔地看著前方，似乎有意迴避我。「是這樣啊。」

我將頭轉回來，不再看蟲哥。副駕駛座的車門上濺到了幾滴泥漿，我看著那圖樣看得出神。

從車窗上的倒影，我看見蟲哥閉著眼，嘴唇也微微顫抖，雙手緊緊攥在方向盤上，卻遲遲沒開動車。

「這事你該知道。」蟲哥頹喪的聲音突兀地攪亂了車內的空氣。他將車子開到路邊停下並熄了火，沉默了會兒後才轉向我，用一種悲傷憐憫的表情道：「對不起，我本來是想等你心情平復一點再說的，但我實在沒辦法……」

「那就改天再說吧。」

「在這種情況下，組長應該是凶多吉少了。」

我看著蟲哥的臉，他的聲音彷彿是從話筒另一端傳來似的，聽起來有些模糊，卻又真切地在傳達著什麼事。

「青道幫主之前都不惜殺了組長以保自己的祕密不會洩漏，更別說現在了，他沒有理由留著組長給他添麻煩。」

蟲哥講得非常快，好像想早點脫離這個話題。

「你在說什麼啊？」我疑惑地說，「他幹嘛要殺死鬼？如果要殺幹嘛剛剛不動手？殺了死鬼對他也沒好處啊……是也沒什麼壞處啦。總而言之，他應該是把死鬼抓走了。你剛剛也說了，死鬼掌握了他不知道的事，所以才……」

我越說越語無倫次，蟲哥面色也越發難看，一副聽不下去的樣子。

「你醒醒吧！」蟲哥猛地大喊，「組長說的那些話是在和你道別啊！你怎麼會聽不懂？他也知道自己不可能……不可能……」

蟲哥的聲音到最後幾不可聞，取而代之的是些微的哽咽。

我伸手打開車門，大步跨了出去。

「小鬼！」蟲哥跟了下來，一把扯住我。「你已經夠大了，應該要學習著面對事實！組長不可能一直陪著你！」

我不禁反唇相譏。「我才不相信你這個蹩腳警察說的話！親眼看到我才會相信！」

這是我第一次看到蟲哥發怒的樣子，他抓著我不讓我跑掉，大聲道：「你現在該做的是，提供你知道的所有事情，好讓我們可以順利逮捕那些人。這對組長來說才是最大的慰藉！」

我停了下來，試著思考蟲哥說的話，卻什麼都無法理解。

我盯著那隻緊緊扣著我手臂的手，囁嚅道：「你弄痛我了。」

蟲哥愣了一下，臉色漸漸緩和。「我知道，最難受的是你。」

蟲哥減輕了手中的力道，但沒放開我。他將我塞進車裡並繫好安全帶，一路上我們沒人再開口，蟲哥專心地看著路況，我則看著車窗外稍縱即逝的點點燈火，腦子裡什麼都沒想。只是，偶爾會看到蟲哥悲痛的臉從車窗閃過。

我們沒去警局，蟲哥直接將車開到了我家樓下。他送我上樓，還和賤狗說了些話。

我機械式地去洗了澡，幫賤狗倒飼料，將垃圾拿到地下室去。

就算死鬼暫時不在，這些事我還是會做。

燈一關上，整個房間漆黑不見五指。

漸漸的，眼睛習慣了黑暗，看得出物體的輪廓。

我望向旁邊的沙發椅，本來死鬼應該坐在那裡的。賤狗趴在沙發旁邊，就像以往死鬼在的時候。

我都知道。

其實我都知道，知道青道幫沒理由留著死鬼，也知道死鬼清楚自己不會再回來了，知道死鬼最後的話是在跟我道別……

就算明白也不能相信。

如果我也認為死鬼不會再回來了，那麼就不會有人在意他的事。沒人在意他的事，就不會有人再提起。沒人提起的話……我怕總有一天，連自己都會忘了他。

我必須相信他會回來，而且我無法接受這麼倉促的道別。要道別也得要再瀟灑、再扣人心弦一點，就這樣走了實在不符合死鬼的美學。

想當初他的出現嚇得我差點尿褲子，還造成了一輩子都無法痊癒的心理創傷，這才是他的作風。

自認為很低調，卻比誰都引人注目；自認為十全十美、無所不能，卻認為自己不會做家事是很正常的；雖然表現得很冷淡，但我知道他比誰都有熱忱。

我不是自欺欺人，只是由衷地相信罷了。

Chapter 6

冒牌天師的計策

正如預料，青道幫解散的消息一洩漏，造成人心惶惶，電視新聞全都在分析這件事的利弊，以及黑幫勢力的版圖改寫，其他幫派的人數成長或是新勢力的崛起。

根據警政署的資料指出，這兩天的犯罪率的確上升極多，多是前青道幫分子聚眾滋事。為了因應緊急情況，各管區都加強了巡邏，也取消了一般員警的休假。

我在節目上的胡搞片段在每家新聞播出，雖然被認為是沒拿到遣散費的小流氓心生不滿才演出這麼一齣鬧劇，不過我倒是真成了家喻戶曉的人物，還登上「呀唬」的熱門搜尋，YOUTUBE 影片也吸引了近百萬次點閱，前衛的爆炸頭造型更是造成一窩蜂的搶購模仿。

不過沒人可以炫耀，知道我做這件事的人已經……不，是暫時不在。等死鬼回來，一定要讓他看看我的臉書粉絲團！

我一早醒來就直接到警局。蟲哥昨晚沒回家，一直忙到現在。

蟲哥看到我時，明顯露出了驚訝的神情，不知道是為了我仍舊執迷不悟，還是因為我這麼快就接受真相。我們沒提死鬼的事，我做完筆錄便問起現在的狀況。

警政署長就是青道幫幫主這件事被暫時保密，只是含糊地說明他和青道幫之間的利益輸送，光是這樣就在全國引起軒然大波。聽說國家元首相當震怒，這一連串罰下來，應該有不少高官要被連坐處分。

長久以來藏在警方裡的內賊終於露出馬腳，但對於警方來說，卻無半分破案的喜悅，畢竟這種天大的醜聞讓國家顏面掃地。

「截至目前，還沒發現他們的行蹤。」蟲哥嘆道：「從轄區調了監視錄影帶，雖然監視器拍到你，不過竟然完全沒看到那些長老的車，連輪胎印也半路就消失了，他們就像憑空蒸發一樣。幸好昨天的電話我已經錄音，否則一定會被當成惡作劇。」

「琛哥呢？他回國了嗎？」我問。

蟲哥揉揉太陽穴，疲憊地說：「跟丟了。據報他最後一次出現是前晚在東南亞某國，似乎已經開始打理回國事宜，海關、出入境管理局和海巡署會嚴加戒備。只是我們在明他在暗，順利逮捕的機會相當渺茫。」

意料之中。「那麼幫主家有什麼線索嗎？」

蟲哥翻了翻旁邊一疊資料道：「沒有。青道幫主本來就甚少插手幫內事務，為了不讓自己的身分被發現，都是讓琛哥處理。」

我恨恨地捶了下桌子，什麼線索都沒有要怎麼找？等他再做出什麼驚天動地的事嗎？

我靈機一動，連忙道：「如果知道他想做什麼，說不定可以猜出他們的方向？」

蟲哥尋思道：「如果把這些事都串起來，能夠得到的線索還是太少。」

說得也對，就憑那些蛛絲馬跡還能畫出整隻鳥來，八成要福爾摩斯再世。現在唯一能指望的就是逮到琛哥，他一定知道自己的老師有何陰謀。再來就是靠自己了，只靠條子辦不成事的。

「蟲哥，你有幫主或是長老們的照片嗎？」

蟲哥遲疑了一會兒道：「有檔案照片。不過，你打算要……？」

我垂下眼，看著桌上凌亂的資料夾。「我要自己找，沒親眼看到前我會不斷地找。死鬼還欠我錢呢，我家可是討債公司耶，怎麼能讓人欠債不還？」

蟲哥煩惱地搔了搔頭。「真是……我早想到你會這樣要求了。要是被組長知道我讓你去幹這種危險事，一定會宰了我。」

「就當讓我幫忙吧，現在我們的目標一樣，說不定可以早點破案。」我懇求著。

「唉……」蟲哥嘆了口氣一副很勉強的樣子，眼裡卻閃爍著光芒。「這時候可能真的要靠非官方的組織動員力量才行，我『迫不得已』只好接受你的幫助……記得到時候要這樣說喔！還有，要是發現他們……」

「我不會給你添麻煩的。我查到了什麼一定會先通知你，保證不會先帶我的兄弟去扁他們。」我認真地說。

「既然你都這樣說了，我『迫不得已』只好答應你的要求。」蟲哥再一次強調，「若要去有潛在危險的地方，你就帶上 007 吧。我想這時候你們應該暫時握手言和。」

我歪了歪嘴，不情願道：「隨便啦，賤狗也只有這個用處了。」

蟲哥從桌上抽了個檔案夾出來，遞給我道：「你看看。」

那裡面是青道幫七個長老的資料，除了被抓起來的那個和已經潛逃國外的兩個，其餘四個都是昨天在工廠裡見過的。

另外還有琛哥和幫主的檔案，他們的資料相當少，只是寥寥幾句帶過。

「這個照片沒問題。」我仔細看過後道。「那麼，我就拿走囉。」

「拿去吧，那本來就是為你準備的。」蟲哥有些歉疚地看著我道：「這時候再勸你也無濟於事，你想做就去做吧。不過，我還是希望你不要繼續糾結於此，我相信組長也會這麼想的。」

我將檔案夾塞進包包裡，站起身對蟲哥道：「我什麼時候聽過死鬼的話了？他越不高興的事我就越要去做！」

我製作了精美的通緝令，上面詳盡列出了嫌犯的照片、特徵以及是如何的窮凶惡極，然後拿去印了五百份，交給胖子分發。

「這個人還挺帥的耶！有年輕的渡邊謙的味道！」菜糠指著琛哥的照片驚嘆道。

「不認識。」我叮囑著：「喂，記得提醒他們，這幾個不是用鋁棒和機車大鎖能對付的角色，要是看到了馬上 call 我，千萬不要輕舉妄動。」

「安啦安啦。」胖子隨口敷衍道：「不過這幾個傢伙是誰？你該不會要繼承你爸的討債事業吧？」

「如果這麼危險誰敢跟他們討債啊？」小高不屑地說。

阿屌制止了其他人繼續胡言亂語，端詳著通緝令道：「照做就是了，我想這幾個人的事不是我們能知道的吧？」

我一邊驚訝於阿屌的觀察力，一邊道：「抱歉，這件事你們真的不能知道太多，知道越多越危險。」

「這些就夠了嗎？索性印個幾萬張到一〇一樓頂丟下來好了？」胖子興致勃勃地問。

「不能太張揚。」我警告道：「叫他們要小心。若是提供有用線索給我，想當流氓的我讓他進我老子公司工作，想考警校的我可以拿到高層的推薦信。」

「靠！這麼好康？那我之前賣盜版片能不能網開一面……」

等他們走了以後，我放下了手中的東西，轉頭望向賤狗。

牠正面無表情趴在地上，一跟我對上眼，還張大了嘴打哈欠。

我義正詞嚴地說：「死狗，現在是我們必須盡釋前嫌的時候了。

「你知道，死鬼下落不明，你希望找到他吧？所以從現在開始，你給我乖乖聽話，否則我就送你去流浪動物之家！那裡可不會每天帶你去散步喔，而且伙食也很糟，你懂嗎？那裡只有一堆癩皮狗，絕對不會像在公園一樣有這麼多美麗的狗喔！」

不知道是我的威脅奏效，還是牠秉著對死鬼的忠心耿耿，賤狗竟然挪動了牠的大屁股，慢吞吞地走到門口。

雖然牠趁我繫狗鍊時放了個臭屁，我們終究還是達成了一定程度上的和解。

我帶著賤狗去了案發現場聞了半天，卻什麼都沒聞到。昨晚下了場不大不小的雨，將氣味和痕跡都沖掉了。

此時，我的手機突然響了，是沒見過的號碼。

「我找到了！」我一接起電話就聽到這樣一聲暴吼，「老大！我找到了！」

地點是我不太常去的電玩間，我帶著賤狗匆匆趕過去，遠遠地便瞧見幾個穿著學校制服的人站在門口。他們都是一年級的，剛入學便來拜過碼頭，在胖子瞎起鬨下，我只好勉為其難收了他們。

「老大！」一個人看見我便大呼小叫起來，「我們找到通緝令上的一個人！」

「在哪？」我左看右看沒看到人。

一個滿臉青春痘的矮子湊過來，小聲卻得意地說：「我們怕他會逃跑，把他拖到旁邊巷子裡了。」

我跟著他們繞進巷子裡，看了看那人的臉，然後掏出通緝令對那些一年級小鬼大罵道：「這個人被你們打得像豬頭一樣，鬼才認得出來啦！」

地上那人已經口吐白沫暈了過去，鼻青眼腫的樣子看起來慘不忍睹。不過，他的樣子看起來頂多三十來歲，而我的通緝令上最年輕的琛哥也已經四十多歲了。

我收起通緝令，捏著指關節惡狠狠道：「是哪個白痴認錯人的，蛤？這社會是可以讓你們在路上隨便拖路人來打的嗎?!」

那三個一年級生嚇得縮成一團，直求饒道：「不是這個人嗎？我怎麼覺得看起來粉像耶……」

「像你媽個頭啦！你們的眼睛全都ㄍㄡ到屎了嗎?!」我怒喝道。

「哇！」他們嚇得屁屁剉。「是胖子哥啦！他威脅說要是找不到人就要讓我們曝屍荒野，還要在臉上刺『我是萬年處男』……」

……這死胖子！我捏爛了手裡的通緝令，咬牙道：「你們給我好好找，要是再有這種情形我就宰了你們。」

我吩咐他們送被害者去醫院之後，正想繼續找人時，手機再度響起。我看著螢幕上的未知來電，心裡有種不好的預感。

「要接嗎？」我問賤狗道。

賤狗只是抬起後腳搔了搔脖子皮。

我小心翼翼地按下接聽鍵道：「喂……」

「老大！我是XX啦！我看到……」

接下來幾天，我每天都在接電話、去找人、認錯人的循環中奔波。胖子的威脅沒有任何成效，徒增了大量無辜受傷的路人，還跑出一堆我看都沒看過的小弟。

於是，街頭巷尾謠言四起，說是不良高中生組成了「獵殺中年人」集團，埋伏在暗巷中狙擊手無寸鐵的無辜人們。

「小鬼，你也鬧太大了吧？」蟲哥戲謔地說。「這兩天警局特別熱鬧，沒想到你的手下這麼多。」

剛剛蟲哥打給我，要我去警局樓下派出所接個傢伙。那個一年級的因為無故毆打便利商店店長並說他是替天行道，因此被扭送到派出所，而且做筆錄時相當不合作，只從他身上搜到一張通緝令……

「拜託，我根本不認識他們！」

我認真考慮著這種私下搜查是否該停止，本以為靠民間力量比警方有效率，目前看來弄巧成拙，反而造成更多問題。

我牽著賤狗往門外走，樓上傳來腳步聲。我正奇怪是誰不搭電梯卻要用走的，赫然發現走下來那人是牽著死鬼兒子的歐巴桑！

歐巴桑一看到我，便大聲嚷嚷道：「唉呦，你怎麼現在才回來？在家裡怎麼不來接小孩？」

小鬼露出吃驚的表情，像是沒預料到我會出現一樣。

我連忙跟歐巴桑賠不是，並把小鬼牽了過來。天啊！死鬼不在，我竟然連他的兒子都忘了?!

我心中充滿自責，蹲下來對小鬼道：「對不起，葛格沒去接你。」

「……把拔呢？」

「把拔他有工作，可能要一陣子才會回來……」我說著謊。

小鬼並沒多作反應，只是一雙眼睛滴溜溜地盯著我，彷彿想確認什麼。

我處理完派出所的事，便早早帶著小鬼回家了。

我哄了小鬼睡覺後，便坐在旁邊死鬼常坐的沙發上。不知道他坐在這裡看著我的心情，是否跟我看著小鬼的感覺一樣？

歐巴桑說小鬼非常乖巧聽話，完全不哭不鬧。她問他說是不是會想把拔，小鬼卻回答把拔和葛格不會回來了。

歐巴桑聽得一頭霧水，不過我只覺得更加內疚了。小鬼一定是認為我和死鬼要遺棄他才這麼說吧？回來之後，他也相當沉默，什麼都沒說。

一個冷淡的聲音忽地響起：「你不是說要當個好爸爸？我不在了你也沒盡到照顧他的責任。」

我震了一下，這聲音是……「死鬼?!你回來了？」

我跳起來，見到死鬼就站在旁邊背對著我。我連忙上前道：「死鬼，你沒事吧？

你怎麼逃出來的？署長有沒有對你怎樣？」

死鬼慢慢轉過身，只見他全身血肉模糊，伸出只剩下白骨的手掐著我，陰森森道：

「你……說……呢……？」

「哇！」

我猛然睜開眼睛。我依然坐在沙發上，在我的房間裡，並沒有看到死鬼的蹤影。

剛剛想著想著便打了個盹，在那瞬間夢到了死鬼……雖然夢醒了，我的心跳卻遲遲無法緩和下來。如果死鬼真的遭受了這種不人道的虐待怎麼辦？我竟然還悠哉地睡覺！

現在警方找不到他們，我的人肉搜尋大概也沒什麼結果，要怎麼找死鬼？

如果我有像死鬼一樣的感應能力就好了。死鬼能夠察覺我的氣息，但我卻什麼感覺也沒有，根本無從得知他是否還存在人間……

不，不能烏鴉嘴。俗話說沒消息就是好消息，我應該要正面一點去思考……

幹！正面思考有什麼用？我還是想不出來任何可行之道啊！為了避免吵到小鬼，我無聲地大叫。

乾脆去找法師招魂好了……咦？我剛想到什麼，找法師？他奶奶的，老子自己好歹也算是天師啊！

我趕緊去翻出了之前買的「第一次當天師就上手」，記得上面有教過種方法——紡錘探測！

書的附錄就有個金屬製的紡錘，只要拿絲線綁住一頭就行了。這方法還需要被搜尋者的物品……有賤狗！還需要生辰八字，我只知道死鬼的出生年月日，太詳細的就莫宰羊了。沒關係，靠我的意念就行了！

接下來，照著書上的方法畫一張符，背面寫上死鬼的生日，和被搜尋者的東西放在一起燒了……靠！我要怎麼燒賤狗？

我躡手躡腳靠近牠，雖然說牠只要睡著就很難被吵醒，但不曉得牠察覺到我的殺氣之後會不會起肖。我之前怎麼沒想到趁牠睡著時偷襲？這樣說不定早就可以解決牠了！

不過，個人恩怨這時不應再提。賤狗因為怕熱睡在陽臺門口，我假裝若無其事地靠近，先打開陽臺門。這麼大的聲響，牠連動也沒動一下，所以我壯著膽子慢慢蹲了下來，伸手在牠身上為數不多的毛髮中，挑了一根，很快地拔下。

我趕緊往旁邊一跳，深怕賤狗跳起來攻擊我，不過等了半天，牠依舊鼾聲雷動。

捏著根狗毛，我將它和符紙小心地捲在一起，然後點火。

薄薄的符紙瞬間就燒光了，在我預備好的盆子裡留下一些灰燼。

我攤開地圖，將紡錘探入，讓其外頭沾滿符紙灰燼，然後一手拿著書、一手拉著線的一頭，讓紡錘吊在地圖正上方。

等紡錘完全靜止後，我屏氣凝神念出書上那不知所云的咒語。

念完之後，紡錘便開始輕微晃動。我閉上眼睛，讓紡錘的力量牽引我的手。能感覺到紡錘晃動著，然後一股拉力傳導到我的手，讓手不受腦子控制自己動了起來。睜開眼睛，看著紡錘的動作。它在地圖上方緩緩移動，每到一處，尖端的動作就有些停滯。

紡錘繞遍整張地圖後回到原點。我瞪著書上說明，這是尋找的人不存在的意思。之後，無論我怎麼試都沒有結果，我想一定是資料不夠齊全的關係。

一股疲憊感湧了上來，我就直接躺在地上。死鬼，你也好歹給我一點提示嘛，用你的意志力告訴我你在哪裡啊。

我翻過身趴在地上，衣領裡的護身符滑了出來。我愣愣地看著那個泛綠的護身符，是用犀角磨成約兩個指節長的獸牙形狀，聽我老子說那是骨董，不曉得是夏商周還是元明清時代的珍貴玩意。想當初死鬼現身時，我還企圖用這東西逼退他，後來才知道這個犀角根本沒有驅邪的功能。

……那我還戴著這破東西幹嘛？我將怒氣發洩在護身符上，狠狠地從脖子上拽下來往旁邊扔。

護身符脫手的瞬間我就有點後悔了，畢竟是我從小戴到大的東西，多少有些感情。更何況，它似乎也有有用的時候。例如說，死鬼之前就用這個護身符將那個三八女鬼從附身物品裡逼出來；我去陰間時，它也讓我避免成為「另一邊」的奸細。

我仔細想想，還是爬起來去將護身符撿起。記得死鬼也曾跟我說過，犀角其實有其他的特殊功能……

似乎有道曙光出現了，我絞盡腦汁地想，犀角的功能到底是……

犀照！

相傳燃燒犀角可以看到不可思議的東西，就我而言，希望可以指引我找到死鬼。具體不確定該怎麼做，但至少這代表一線希望。

我將窗戶打開，在燃符的盆子裡放了幾塊碎木炭，用火槍燒過木炭之後，我墊了塊陶瓷纖維網——這是之前在教室用來製造阿摩尼亞毒氣攻擊的器材之一——在炭火上，然後將犀角小心地放了上去。

不久後，犀角便冒出一縷細細的白煙，還產生了種像點煙時不小心燒到頭髮一樣的難聞氣味。

我捏住鼻子，開始觀察周圍有無不同。不過，事實讓我大失所望，除了臭味以外，根本什麼變化都沒有。

端起盆子，我開始嘗試在屋子裡每一個角落都燻燻。我期待那些煙霧會突然像被賦予生命似的，飄往死鬼的所在地，然而一無所獲。

我走回原地，重重摔下盆子，回頭去廚房拿了冷水壺就往炭火上澆，一陣滋滋聲後煙灰四起，連同蒸氣直往天花板衝。

我一時腦充血竟然忘了我點的是木炭，趕緊將所有門窗都打開。我看看小鬼，他睡得很熟，完全沒被我的胡搞吵醒。

唉，這方法也沒用。我一屁股坐在地上，憤恨地收拾著一地狼藉。煙霧瀰漫，燻得我雙眼刺痛，我邊吸鼻涕邊擦著地板時，一個不經意的抬頭，竟然看到個令人毛骨悚然的畫面。

躺在床上熟睡的小鬼，身體裡隱隱約約有個人影浮現！

我馬上撇過頭，祈禱自己看錯了。這……就是犀角的效果嗎？我假裝揉揉眼睛，從指縫中偷瞄，人影確認。

這代表什麼？小鬼被鬼纏上了嗎？

我微微發著抖重新點燃犀角，果然透過犀角的煙霧可以清楚看到那個不屬於小鬼的影子。現在，不能確定那是否是惡鬼，如果驚動他可能會危害到小鬼，我必須想個萬全之策。那個鬼影躺著沒動，看樣子似乎在休息，希望這狀態還會持續一陣子。

我走到桌邊，將書和道具拿出來。

書上教的縛鬼咒確實和前幾天幫主設下的一樣，但為何我的就不靈驗？難道是功力的差別嗎？書上的說明是，這是入門的咒，不管是誰來畫都會生效，不過道行高的人畫咒可以加入其他的要素增強咒力。

我仔細研究著書上的圖，赫然發現了一件事。我畫的符有一點不同，那就是我把「敕」寫成「刺」了！

長久以來的謎團終於解開了，一切都是因為寫錯字！知道了這點之後，我飛快地畫好幾張符，然後走到床前。

「受死吧，惡鬼！」我怒吼著並將符紙盡數扔到小鬼身上。

小鬼緊閉的雙眼猛然睜開。他看到身上那一堆符紙時，竟然目露凶光轉向我。「你做什麼？快放開我！」

他的聲音變得粗啞難聽，根本不像是從這身體裡發出來的。

「你這個惡鬼！」我啐道：「快從孩子的身上出來，否則我就將你拖出來燒了！」

那些符紙就像是沾了膠似地黏在小鬼身上，我透過犀角煙霧，可以看到那個惡鬼死命地掙扎，但卻徒勞無功。

「快放了我，否則我宰了你！」惡鬼絲毫不怕我的威脅，還反過來威脅我。

我倒是有點害怕，顫巍巍地拿起桃木劍道：「你、你才是咧，快滾出來！你還有沒有一點良心啊？竟然附在小孩子身上，真是可恥！」

「你說什麼屁話！」那惡鬼咆哮著，「要不是我附進來，這小鬼早就死了！」

「什麼意思？你別給我打馬虎眼，現在掌控大局的是我，要是惹我不爽，小爺我就讓那些符貼著，你也別想動彈！」

「這具身體早就沒有靈魂在了，是因為我附身才能繼續活下去！」

他這句爆炸性的發言讓我著實愣了好一會兒。我掏掏耳朵，問道：「不好意思，貧道有些耳背。你的意思是，這小鬼的身體裡只有你在？他原本的靈魂不在了？」

「懷疑喔！」惡鬼凶狠地說。

「對啦！鬼才相信你說的話！」我拿著桃木劍抵著他的鼻尖罵道。「看我不宰了你！這種離譜的謊言都說得出來……要是小鬼本來的靈魂已經不在了，那這幾天我是跟誰一起相處的啊？」

「廢話，當然是我啊！」惡鬼理直氣壯地說。

房間裡突然陷入沉默之中……不，應該說只聽得到賤狗的打呼聲。

「是你裝成小孩子的樣子？」我噁心地說。

惡鬼一下子愣住了，然後臉慢慢漲成了豬肝色。「……對啦！」

看來這傢伙也知道羞恥。剛剛看到這惡鬼的樣子，應該是個四十來歲的中年男人吧？一想到他裝成天真的小孩子，我就覺得作嘔。

「科科科……叫聲葛格來聽聽啊。」我譏笑道。

惡鬼怒瞪著我，用那小鬼的樣子裝出如此猙獰的表情，看起來相當詭異。

我清清喉嚨，正色道：「那麼，你為什麼要裝成小孩子的樣子來欺騙我們？」

惡鬼猖狂地大笑起來。「你還不明白嗎？我是被派來除掉你們的啊，你以為這幾天阻撓你們的是誰？」

我思考了半晌，猛然渾身一個激靈，結結巴巴地說：「你是……那個白色的鬼?!一直企圖殺了我的那傢伙？」

寒風猛烈灌進房間，窗簾被吹得不住飛揚，白色的布面襯得小鬼的臉一片慘白。

「答對了。」

小鬼咧開個得意的笑容。「派我來的就是青道幫幫主，想必你跟他很熟吧?那天在工廠裡，你怎麼會爬到一半掉下來?當然都是我做的。」

原來是我將敵人引進了家裡……如果我聽死鬼的話送他去警察局的話，是否就不會有今天這個局面？

我無法多做思考，這幾天的事情太多了，再加上這傢伙參一腳，簡直讓我頭痛欲裂。

「那麼……你知道死鬼在哪裡吧？說出來！」

「不知道，那天見到你們被逮著我就功成身退了。」

「是嗎……」我放下桃木劍，轉身拿了條繩子。「你要是不說，別怪我無情。我會把你綁起來裝汽油桶裡再灌水泥，然後直接沉入海裡。」

「你以為嚇唬我就行嗎？」惡鬼不屑地說，「更何況，要是我不從這小鬼的身體出來，你能奈我何？」

我放下繩子，冷笑道：「你好像搞錯了一點，我並沒打算讓你從這身體裡出來。畢竟你是鬼魂，我可不知道要怎麼殺鬼魂，但如果是要解決一個小孩子，方法我知道很多。」

那惡鬼啐道：「你要殺小孩子？你下得了手嗎？」

我驚訝問：「為什麼下不了手？我會留著他完全是因為他可能是死鬼的孩子。不過現在這小鬼已經一點價值也沒有了……不，應該說他的價值就在於他能告訴我死鬼的下落。如果失去這點價值，再加上之前落井下石的也是他……你想我會怎麼做？」

沒有價值的惡鬼臉色大變，驚慌道：「再怎麼說，你也不至於殺了我……他吧？」

我垂下眼皮低聲道：「你認為你的生命對我來說會比死鬼重要嗎？就算問不出他的下落，就算以後再也見不到他，至少我可以幫他報仇，把害我們陷入如此困境的傢伙……讓他嚐到同樣的痛苦！」

我拿起繩子，緩緩繞上小鬼的脖子。

惡鬼不住掙扎，但縛鬼咒讓他動彈不得。他驚恐地說：「別！我……我要是想殺你機會多的是！那位大哥我沒輸，但要殺你可是輕而易舉。」

我奇道：「那你怎麼還沒成功？」

惡鬼似乎想抬手，舉起寸許又落回床上。「我還是有我的顧慮的。作為鬼魂，若是危害活人性命，那可是永世不得超生的罪行。雖然幫主說保我無事，但……你知道的，人總是要為自己留條後路。」

我歪頭想了下，問道：「這是你的遺言？」

惡鬼驚慌失措：「我、我沒殺你！」

我平淡地說：「我不在乎你是否手下留情，但更不在乎殺了你是否會下地獄，這都不是我現在要考慮的，懂嗎？你現在只有兩條路可走。」

隨著一字一字吐出，手上的繩子也順勢拉緊。惡鬼煞白著臉，似乎咬牙掙扎著。

「……我說，我一定知無不言、言無不盡！」

「是嗎。」我乾脆地將繩子解開放在一旁，順帶拾起壓在他上身的符咒。「我會視你提供的東西來決定你還能活多久，你最好把知道的全說出來。」

惡鬼雙手摸著脖子，從床上坐起，貌似鬆了一口氣。我心裡暗自偷笑。今年奧斯卡最佳男主角入圍的沒一個演得比我好吧？我這精湛的演技沒讓死鬼看到真是太可惜了。

惡鬼不疑有他，用著稚嫩的小孩臉孔戰戰兢兢地開始說：「正如我剛說的，是幫主派我來做掉你們的。其實他的野心早在不久前就應該要完成了，但由於你們的阻撓沒有成功，這一次他便想先下手為強。」

我奇怪道：「啥時候？我做了太多事記不起來了。」

「就是你們去陰間那次。本來幫主已經談好了要來個裡應外合，但內應的人好像是被你們解決掉了吧？」

我恍然大悟，他說的是章魚兄嘛！

「還有，你們之前破壞了青道幫的交易和製毒工廠，再加上紐克利大樓被查扣的事，都讓青道幫損失慘重，幫主的計畫也因此延宕。」

喔，原來我在無意中做了這麼多好事？

惡鬼繼續道：「他派我來對付你們，為了減低你們的戒心才讓我附在小孩子身上。不過，你身邊那位大哥實在太可怕了，我除了擔心會下地獄，更擔心露餡會被他殺了。」

我安慰他道：「死鬼本來就是那張晚娘臉孔，你真的不需要太在意。」

「不，我總覺得他似乎已經看穿我了。雖然當時局長已經用了定魂術讓我和這小鬼僅剩的魂魄融合在一起，如果不用特殊手段絕對看不出來。但我想你的組長可能多少有點察覺我的身分不簡單，只是沒證據罷了。」

「定魂術？」

惡鬼點頭。「這個小鬼之前發生意外，已成為植物人，他體內的一魂一魄僅夠讓這個肉體靠著維生系統活下去。幫主將我和小鬼的魂魄揉在一起，並另外抽出我的一魂二魄固定在身體裡。當『我』要離開身體時，那另外的魂魄就可以保持肉體存活，只是沒有意志，肉體就會陷入沉睡。」

「所以說，每次我們出門你都會跟來，然後小鬼就會開始睡覺？難怪保母們每次都說你睡個不停。」

惡鬼嘆了口氣道：「因為魂魄不完全，你在外面看到我就只是白色模糊的影子。而我回到小鬼的身體之後，也嘗試著要破壞你們從青道幫拿來的硬碟，只是礙於鬼大哥，我不敢太明目張膽。」

我想了想，道：「如果你離開，這小鬼就會陷入沉睡，再也醒不過來？」

「嗯。」惡鬼輕描淡寫地點頭。「幫主答應我，等事情解決之後就會放我走，讓我在這個身體裡繼續活下去，所以你們要去探查會議那天，本該是你們的死期。這幾天一直沒消息，我還以為你們都翹了。」

「你知道那硬碟裡有什麼嗎？」

「我知道也跟不知道沒兩樣，那裡面有幫主的計畫啥的，但詳細狀況還是只有幫主和琛哥知道。」

「喂，你沒騙我吧？」我狐疑道。「那其他的咧？你真的不知道？幫主平時躲的地方還是他預計要執行邪惡計畫的地點之類的，你幫助我找到他就放你一馬。」我邊說邊用力扯緊了繩子威嚇他。

「你太卑鄙了！」惡鬼扭曲著臉孔大叫。「有種你放了我，我們來打一場！」

我用力地捏了他的鼻子道：「憑你也要跟我打？我不打體積小我這麼多的人，更何況你這種挑釁對我來說一點用都沒有，我看你還是乖乖受死吧。」

「哇！我真的什麼都不知道，而且我已經改邪歸正了！」

我放開他的鼻子，轉而在頭頂拍了兩下道：「唉，我也沒打算要殺你，只不過要怎麼處置你這傢伙倒是很麻煩。這兩天你就先乖乖地待在這裡，等事情結束後再放你走。」

聽到我不殺他，惡鬼明顯放鬆下來，隨即又開始抱怨道：「綁在這？我要吃飯上廁所怎麼辦？我以我的來生保證不會再害你或是找麻煩了，讓我起來吧？」

盆子裡的犀角已經燒光了，最後一縷煙帶走了惡鬼的臉。我考慮片刻，將他身上的符咒一張張拿起來，只在額頭貼了一張。

小鬼立即坐起身，伸手想揭額上的符紙，但無奈符紙紋絲不動。他一邊抱怨道：「拿下來啦，就說了不會再害你了啊。」

我將符紙收起來道：「鬼才相信你啦，給你行動自由就該感謝我了。」

小鬼勃然大怒，脫口道：「我操……」

我惡狠狠地巴了他的後腦勺，罵道：「不准說髒話！你小孩子說什麼髒話？信不信我扁你！」

「什麼小孩？老子吃過的鹽比你……」

我掄起拳頭作勢要揍他，他連忙閉上了嘴。

「還有，麻煩不要用你那中年歐吉桑的聲音說話，配上這外表很噁心耶。」

「既然已經知道我的身分，我不會再裝小孩子了。你知道這樣做更噁心嗎？」小鬼反駁道。

「那你幹嘛還要待在那個身體裡？出來就好啦。我聽死鬼說鬼魂的壽命是人類的不知道幾倍，沒了身體還比較輕鬆吧，不覺得重嗎？」

「你懂什麼？」小鬼口氣很不善地說。「這個小鬼我一定要讓他活下去，在他身體裡這段時間我也跟他做了不少溝通，你知道他多渴望去米老鼠樂園嗎？」

「所以……你要代替他活下去？」

我能從這具身體裡感覺到對生命的強烈執著，這傢伙只是為了活下去，就算不是自己的身體，就算要以一個小孩子的身分過活，也要活下去。我能料想，在一個與自己相差如此懸殊的身體裡過活，應該會遇上難以言喻的阻礙和矛盾。

想了想，又問：「你不是刻意為自己洗白吧？」

他比了中指回應，然後以一種不符合外表年齡的滄桑表情道：「這不是什麼代替不代替的，我沒這麼好心。只是，我想要再活一次，期望這一次的人生會有所不同。」

我很想問問他之前的經歷，但還是強壓下來了。每個人都有不願提起的過往，他希望有不一樣的人生，如今有了機會，就不該再想過去。

如果死鬼也有機會再活一次，他會選擇什麼樣的人生？

「那麼，」我勾著之前幫小鬼買的內褲道：「你還要穿海綿寶寶的內褲嗎？」

「你留著自己穿吧！」

手機響起，我大叫：「不，別又來了！我已經受夠電話了！又是哪個傢伙抓了無辜的路人啊？」早知道當初就應該跟胖子說要找有腦袋的人。

接起電話，傳來的是我意想不到的聲音。

駭客醫生已經將硬碟裡裡外外都破解了，向我敲詐了一筆龐大的金額後才肯將資料給我，還苦口婆心地勸我不要去攪和那些黑幫的事，看來他也知道這硬碟裡是見不得人的資料了。

我打開電腦，看到信箱裡除了廣告色情郵件之外，的確有一封近兩百MB的信。

「幸好你剛剛沒動手。」小鬼湊上來道：「要不等你拿到這資料才知道白殺了人。」

「吵死了，卡士伯。我本來就沒打算殺你啊，我這輩子殺過體型最大的東西就是老鼠，比老鼠大的東西我敬謝不敏。」

「你叫誰卡士伯啊！當我在演《鬼馬小精靈》嗎？」

下載之後，我打開壓縮檔，裡面是幾個只標了數字的資料夾，不外乎就是青道幫的財務和交易資料，還有勒勒長的會議紀錄、組員名單、投資理財相關的資料等，枯燥乏味至極。

青道幫的每筆交易和年底結餘啥的，那數字都大到超過我的理解範圍了。原來幹黑幫這麼好賺！想起這麼多錢都被汙走了，我的心裡也起了貪念……呃，是義憤填膺的感覺，這些錢一定要拿回來回饋社會！

「看這個，我有預感最機密的一定在這裡。」卡士伯指著最後一個資料夾道。

我點點滑鼠，只看到一行字：這個資料夾是空的。

「好吧，沒有就沒有。」卡士伯毫不在乎道。

我空出隻手巴了他一下，道：「不，我們剛剛看的那些資料夾加起來不過一百MB，將游標移到這個資料夾的外面，也說了這個資料夾裡有一百多MB的資料。琛哥一定是將裡面的資料隱藏了。」

「那你打我幹嘛?!」

「看你不爽。」

幸好高中男生為了藏謎片，隱藏資料夾是必備技能。等資料夾裡的資料顯示之後，我才發現這裡面又分了十七個資料夾，幾乎都是圖檔。

「這什麼啊？」卡士伯皺眉道。

這些圖片我相當熟悉，是之前在紐克利大樓下的地獄門。說是門其實是刻在地上的巨大圖形，這圖形是將長型的「地獄圖」繞成圓而畫成的，那時候我還差點被開啟的地獄門吸進去。

照片是地獄門的各個角度、遠的近的各式照片，甚至還有一開始的設計圖，以及周圍建材的分析。那時我們只知道建材是鉛，資料上寫著是鉛和陶瓷的複合材料，極耐高溫，甚至到一千度都沒問題。

而且，從那些照片看來，似乎還有其他更大的地獄門。

我向卡士伯解釋了這些東西，他相當不屑地說：「嘖，有錢人就是愛搞這玩意兒。」

「我到現在還是不知道這到底要幹嘛？」我搖頭道：「青道幫既然都要解散了，這個地獄門乾脆廢物利用，拿去拍電影好了，那種邪教啥的要作法這裡就很適合。」

他邊看邊道：「不是我潑冷水，但你那個『愛到卡慘死』的組長應該是活不長了……」

我伸手想扁他，卡士伯趕緊大叫：「喂，你打我小心我告你虐童！有種你就拿掉我額頭上這一張爛符，我本尊跟你玩。」

「誰要打你？你這麼天真可愛我怎麼捨得打你啊。」我雙手擰著他的臉左右扭轉道。

擰完後，我將注意力轉回電腦上，點開了其他圖。接下來的圖片是一張地圖，不過上面完全沒有座標或是地名，根本不知道是哪裡，只有一些地方用了顯眼的紅色標示起來。看起來就像卡通裡的藏寶圖，不過我知道不可能靠這種寒酸的圖找到一毛錢的。

「這啥？遠足探勘預定地？」我問卡士伯道。

「這都是好地點，你選一塊當墓地。」卡士伯捂著紅腫的臉頰罵道，然後在我瞪視之下趕緊回說：「我怎麼知道？你可別當我是青道幫的，我只是逼不得已才暫時聽令於他。」

我仔細研究這張地圖，看起來應該是個大範圍，不過不會超過一個縣市大，有山，有河……這說不定是個搜尋的方向？我趕緊上網，找了幾條離我居住的城市較近的河道圖，仔細地比對，因為地圖上的河曲度很大，形成了像「几」的樣子。

「找到了！形狀這麼奇怪的河段只有這條河有，這河段旁邊是……是這裡?!」

我把城市圖和不知名地圖裁成同樣大小，然後疊在一起比對。「嘖，還是搞不清楚是哪裡啊？」

卡士伯硬擠過來，指著地圖上其中一個紅點道：「這是青道幫的總部，這一個是被你們搞掉的紐克利，這裡應該是北堂分部。」

「哇靠，你還真厲害！」

卡士伯得意道：「沒什麼，我年輕時做過貨運，這裡每條路有什麼公司建築我瞭若指掌，不過在山上的我就不知道了。」

我仔細一數，地圖上的紅點有十七個。「這些標示代表什麼？難道只是要註明青道幫的地盤？如果說是地太多記不起來也就罷了，才十七塊好像不需要特別……」

「等等！」卡士伯叫道：「這會不會是地獄門的設置地點？十七個資料夾代表十七個地獄門，其中一個正好是紐克利大樓。」

「不會吧？我還想說是不是開玩笑咧，這種東西建十七個……要幹嘛？」

他臉色詭異地說：「你曾差點被地獄門吸進去對吧？那時只是中間開了一個小洞就有這麼強的拉力，我想那圖形的範圍應該就是地獄門全開的大小。先不管他們的目的，如果這十七個地獄門全開了，你想想會怎麼樣？」

「呃……一堆人被吸進去地獄？」

「廢話！你想，被吸進去後還出得來嗎？」

我翻翻白眼道：「拜託，他們這樣做的目的何在？有效抑制地球的人口爆炸嗎？」

卡士伯凝重地說：「你還真不知道事態嚴重。我不了解青道幫主，但他所做的事絕對是經過計畫的。如果他會大費周章蓋這種東西，那表示一定有極大的陰謀或是利益牽扯其中。」

他指著地圖上的紅點道：「你知道這兩個地方是哪裡嗎？這是國會大廈，而這裡是離首都最近、駐軍最多的軍事基地！這應該足以說明幫主圖謀不軌了。」

聽他這樣說，我也開始覺得事情似乎大條了。「那麼，我們還是趕快報警……」

「你要怎麼跟條子說？說青道幫打算請他們去地獄觀光？條子不會信的！我們先去總部和北堂分部看看，確定有無同樣的地獄門。」

「走！我想如果他們要利用地獄門做什麼，一定得到現場吧？我也可以去找死鬼。」

卡士伯伸出短短的手臂擋在我面前，另一隻手指了指額前道：「你得先把這拿掉吧？難道要我帶著這個小孩身體去？」

我聳聳肩道：「帶著啊，反正這樣貼著很可愛，就像林正英電影裡的小殭屍一樣。而且我不放心讓你出來，省得搭捷運時在月臺從後面推我一把。」

卡士伯怒氣沖沖地譙髒話。

第二天，到了紐克利地下停車場後，我讓卡士伯——終究還是讓他從小鬼身體裡出來了——潛進地下看看。

不久，一團白糊糊的影子從地板鑽出來。「沒錯，這下面應該是地獄門，因為我穿不過去，大概就是你說的那種可以防火防鬼的鉛陶瓷建材。」

當他變成這種狀態時，我就不太明白該怎麼跟他對話，因為根本看不出眼睛鼻子在哪。

卡士伯似乎知道我的困擾，道：「你不用太在意，反正我也是用屁股對著你說話。」

「……你想嘗嘗其他攻擊型的咒嗎？」

我打電話通知蟲哥想辦法催毀這些地方，匆忙前往下一個地點時，卡士伯在一旁風涼道：「你怎麼突然這麼積極？」

「因為總算有了線索，如果他們出現在這些地方，我就能找到死鬼。」

卡士伯有些遲疑道：「其實這種事強求不來，人各有命……哎呀，我就直說了，我不覺得你那位組長還活著。」

我停下腳步，怒瞪他道：「你又知道！連你這種沒用的傢伙都可以被幫主拿來利用，死鬼一定更有用啊！知道你是幫主派來的之後，我就更確定了死鬼還活著。」

沒錯，我有種死鬼離我越來越近的感覺……靠我敏銳的第六感！

卡士伯不高興道：「就利用價值來說，我保證比他強！你想想那位鬼大哥怎麼可能會屈服？」

「吵死了，笨蛋！」

接下來我們陸陸續續查探了在地圖上的其他地點，發現大多位在政府各個部門的中樞。我一一將地點傳給蟲哥，讓他儘快查明。少數幾個地方屬於私人產業，相較起來應該比公權力部門容易搜查。

「這是第幾個了？」我問道。

「九。」卡士伯的頭埋在地板裡道。「旁邊的地下道也有載運重物留下的輪胎印。」

「其他地獄門會不會只是幌子？說不定只有紐克利一個是真的？」我問。「可能藉以當成要脅政府的籌碼，讓他們見識地獄門的威力，再告訴他們各地都有相同裝置。若是這樣，要搞叛變根本輕而易舉。」

「怎麼會有人花這麼多錢搞這東西只是為了威脅？我想這些應該都是貨真價實的。」他抬起頭哼道。「喂，你和鬼大哥沒有心電感應之類的？例如說他翹毛了你會有感覺……」

「若是有這種聯繫方式，就不會拖到現在還找不到他了。」我沒好氣道：「我之前也嘗試著找他，不過資料不完全根本沒辦法。」

「資料……」卡士伯尋思道：「是不是那天你揪我出來搞的把戲？」

「是啊，那要對方的生辰八字和用過的物品，但那兩樣都不完全。」

「你真笨！」他突然罵道：「沒有他的東西，你不會找其他人啊？」

「蛤？再吵就把你關到雷峰塔下喔！」我凶惡地說。

卡士伯受不了地說：「既然沒有鬼大哥的生辰，可以改用幫主的，這種小事只要去問問就行了，你的豬腦袋為什麼沒想到啊？」

他這一席話就有如醍醐灌頂，讓我茅塞頓開。「你、你說得對！為什麼我沒想到啊！」

我趕緊打給蟲哥，他正聯絡著其他部門處理地獄門的事，聽到我的話後，風塵僕僕地趕回警局。以調查為由，替我從署長夫人那裡拿到了幫主的生辰資料和其他貼身物品。

我回家後，馬上著手準備找人程序。

「這樣可以找人？太隨便了吧。」回到身體裡的卡士伯嫌棄道。

「我怎麼知道有沒有用？要是沒用你就去寫這本書的作者家裡作祟。」

紡錘靜止後不久，便緩慢動了起來。如同上次的模式，每劃過地圖上約一公分的距離，就會停頓一下，再往下一點移去。

卡士伯看得目瞪口呆：「這地圖該不會藏了磁鐵在裡面吧？」

和上次不同的是，這次紡錘指到某處後就停下來了。

卡士伯拿了我從電腦列印下來的地圖比對，地圖顯示這裡並沒有地獄門。他沉思道：「這塊山區人煙稀少，也不是地獄門的所在之處，不過倒是適合亡命之徒藏身。」

「我覺得……這裡可能是第十八個地獄門。」我邊思考邊道。「十八聽起來是個更完整的數字，也符合十八層地獄的設定。幫主不在乎我們知道其他地獄門的存在，唯獨沒有這個地方的資料，肯定有鬼！」

為保險起見，我重新做了一次搜尋，結果相同。我毅然決然道：「不管怎麼樣，我們先趕過去再說，至少現在可以確定幫主在那。」

「呃……我看家好了。」卡士伯遲疑地說，「我可不想還沒開始享受新的人生，就被打得魂飛魄散。」

「欸？」我不滿道：「你真是俗辣，我們要去替天行道，怎麼可以臨陣退縮？」

「少囉嗦！」他罵道：「你這傢伙才是無知得可以，沒見過幫主的實力就別胡說八道，他不是你可以對付的角色……應該說一百個你都對付不了吧。」

「我怎麼會不知道？」我沉悶道。「就算知道我也要去。之前琛哥差點殺了死鬼，那種切膚之痛我已經深刻感受過了。幫主是琛哥的師父，這次九成九沒辦法全身而退，不過就算搭上小命我也得去。」

「原來……」卡士伯怔怔地看著我，「這就是愛……」

「去你的！」我狠狠巴了他，「快說，你到底去是不去？」

「不去。」

「孬種。」

「幹！你說啥?!」

「你要待在家裡也行，等葛格回來帶你去遊樂園玩，那裡就很適合你了。」我睥睨著卡士伯道。「啊，你敢坐海盜船嗎？」

一個白色鬼影猛地從小鬼身體裡竄出，憤怒地說：「你到時候可別要我救你，我就去看看你是怎麼被修理的！」

我暗嘆了口氣，再度打電話給蟲哥。這傢伙真容易動怒啊，如果不改改沒事就腦充血的毛病，被他憑依上的這個小鬼以後在學校肯定會被霸凌。

Chapter 7

最後的地獄門

「在這裡停下來好了。」我對蟲哥道。

蟲哥將車緩緩駛入樹蔭下。往上看是蒼鬱的森林，往下則可見到從山腳延伸出去的廣大平地，那些聳立的大樓就如玩具般滿布整片平地。

我們到達時，蟲哥接到電話，警方已經開始朝著城市裡各大地獄門出發。

蟲哥用肩膀夾著手機，一邊跟我報告。「他們選定在同時間進行突襲，讓他們措手不及。」

「我們知道在這裡沒錯，不過這裡什麼地標都沒有要怎麼找？」卡士伯拿著地圖比劃，「雖然在地圖上只是一點，但放大來看也是個不小的範圍耶。」

我關上車門，奸笑道：「地獄門理所當然會在地底，你以為我非要叫你來幹嘛？當然是潛進地底、『咻』一下就可以找到了。」

「你竟然利用我！」卡士伯怒道，衝上來就把我撲倒在地。

蟲哥看著我一個人像中邪般在地上滾來滾去，忙開解道：「現在不是打架的時候。這位鬼兄弟，你原諒這個小子吧，他就是喜歡興風作浪。」

賤狗贊同地「嗅嗚」了一聲。

卡士伯掐著我的脖子罵道：「老子等一下挖個洞把你埋進去，讓你自己找個夠！」

我從口袋掏出一張縛鬼咒，往他身上貼去，他馬上就不能動了。我站起身，拍掉身上的泥巴落葉，無奈道：「幸好我為了防止這種情況，帶了賤狗來。等一下就把你捆一捆，直接給幫主處理好了，想必他對於背叛者一定相當寬容。」

最後，蟲哥和賤狗一組，我和卡士伯一組，兵分兩路去找地獄門。這座山鄰近都市，早就開發過頭了。腳底踩的是平坦的柏油路，旁邊種的是砍過再栽的再生林，一座座漂亮的別墅錯落在樹林之間，實在很難想像地獄門會設置在這種地方。

「這裡空氣真好啊，」我讚嘆道：「如果不是跟你一起肯定非常愉快。喂，你有沒有在找啊？」

他頭也不回說：「你都沒感覺嗎？這座山……很不好。」

「哪有什麼不好？清風徐來、鳥語花香……咦？好像沒聽到鳥叫耶？」

這麼一說，我才發現，這座山不僅沒鳥啼，甚至連蟲鳴都沒有，只有風吹過樹冠發出的沙沙聲，整座山靜得像是死了般。身體驀地發冷，我縮縮脖子下意識地離開樹蔭，儘量走在陽光下。

一路走來，竟然一個人影都沒見到，經過幾間別墅，都立著出售的牌子。

卡士伯沒打聲招呼就突然一溜煙鑽進地底。我忙叫他：「喂，這下面會不會是亂葬崗啊？我不勉強你找了，反正有賤狗在。」

又一陣風吹過，吹得樹枝發出恐怖的吱呀聲。

「早知道就跟蟲哥一起走了……」我後悔不已地說。

「跟他走更不好。」卡士伯的聲音出現在背後，「你們兩個遲鈍得要命，要是有什麼問題等察覺到，你們大概都已經見閻王了。」

「你不要一聲不吭就突然消失，一個人待在這裡很恐怖耶。」

卡士伯嗤之以鼻地說：「有什麼恐怖？要不你鑽到地下看看？」

我吃驚道：「該不會真是一堆死人骨頭?!」

他沒鳥我，逕自往前走。

我在背後大叫：「喂，你要鑽下去也可以，至少留條尾巴在地上！」

我拿出羅盤一起找，但羅盤指針卻轉個不停，根本無法指出方位。我乾巴巴地說：

「這羅盤……壞了。」

「沒用的。」卡士伯道：「還是只能下去親自探探虛實，你若害怕就回頭去找那個條子。」

「你一個人我不放心，怕你會去告密。」

卡士伯大怒道：「我操……咦？你有沒有聞到什麼味道？」

「就是大自然的味道。」

「不……」他伸長脖子在空中嗅來嗅去，「這應該是幫主的味道。」

不等我吐槽，卡士伯拔腿就飄。我連忙跟在他身後來到一座別墅前。

冒著可能被控私闖民宅的罪行，我跟著卡士伯進入了別墅裡，才撬開大門，便被內部的樣子嚇得目瞪口呆。屋裡空蕩蕩的，一走進去的大廳占據了整棟房子的面積，竟然沒有隔間；鋼筋從粗糙的水泥牆面露出，連樣家具或裝潢都沒有，跟它華美簇新的外表大相逕庭。卡士伯看了一圈，發現屋裡沒有任何管線，就像是個模型似的。

「我敢保證，這裡一定是入口！」卡士伯興奮地說。

他說的沒錯，這別墅只是空殼子，為了隱藏地獄門的入口。地上有不少輪印腳印，看來青道幫在這裡活動頻繁，無怪乎需要一棟房子掩飾，出手真是闊綽。

我和卡士伯商量一下，決定先去找蟲哥。

我們回到當初和蟲哥分手的原地等候，待蟲哥回來後，我向他說明了新發現。

到了別墅，找到地獄門的入口倒不是難事。房子大門正對著的牆壁有扇木頭門，在這毫無裝飾和隔間的屋子裡顯得格格不入。門上鎖了，我們走到屋外看，發現牆緊連著山壁，那扇門後連接的可能是洞穴或隧道。蟲哥回車上拿了救災用的小斧頭，使勁劈開了鑲在牆上的木製門。木門發出碎裂的悲鳴聲後，露出後頭隱藏的另一扇門，鉛和陶瓷複合建材，旁邊還有個小巧的螢幕與鍵盤。

「完了，我竟然忘了這門有密碼！」我哀嚎著。

蟲哥得意地從口袋拿出臺約莫兩個手掌大小的儀器。「我沒忘，這是解碼用的萬能電子鑰匙。你以為我們準備怎麼進出地獄門？」

「我比較想知道你怎麼把它塞進口袋的……」有了這臺東西，門一下子便開了。

蟲哥一腳才踏進，上方的燈光便「噗」的一聲亮起。嵌入天花板的昏黃燈光一盞盞點起直到另一端，呈現在眼前的是條極其寬闊筆直的空間。

蟲哥從左腋下掏出槍，小聲地說：「跟著我。」

踏進之後，彷彿置身在不屬於這世界的空間裡。我腳底一個踉蹌，籃球鞋和地面磨擦發出了點聲響，卻在安靜的空間內引起陣陣回聲。

卡士伯回頭罵道：「小聲點，笨蛋！」

「你放心啦，如果有人的話我們早就被發現了。」

這麼重要的地方竟然一點保全也沒有，這麼疏於防範倒是給了我們好機會，不過我心裡卻有揮之不去的疑惑，難道是他們認為沒有加強保全的必要？

銀白的金屬色牆壁在燈光的暈染下，散發著橘黃色的無機質光澤。隨著我們的目的地越來越近，我似乎又聞到參雜了血腥的硫磺味。

「硫磺味？你腦子有問題？」詢問卡士伯只得到如此回答，「雖說有個地獄門的響亮名字，不過和真正的地獄可是差了十萬八千里……我是沒看過啦，不過總不會差太多。你該不會臨陣退縮吧？」

面對他的嘲諷，我認真地回答：「我並不會害怕，興奮早就蓋過恐懼了。而且我一直有種感覺，到那裡就能見到死鬼。雖然不知道局長留著他幹嘛，不過這次一定要救他出來。我能感覺到，死鬼強烈的氣息就環繞在這。」

蟲哥不明所以問：「咦？你是說體味嗎？還是像費洛蒙那種東西？可是我什麼都沒聞到啊。」

卡士伯小聲道：「那傢伙是不是秀逗了？也是啦，白痴才會去做條子。」

我們花了十分鐘才走完這條路。站在大門前，我的牙關開始打顫，有種預感，開門後一定會見到不可思議的景象……

門轟隆隆地開了，迎面撲來的風有種熟悉的怪味。廣大如幾個小巨蛋加起來的空間昏暗異常，如此廣闊的空間讓人感覺不像處在密閉室內，卻有種世界已被無盡黃昏籠罩的詭譎氣氛。從旁看去，一扇扇巨大的門並列圍繞成一個圓周，直徑的另一頭由於距離和燈光關係看不太清楚，但似乎有堆外型巨大的器械放在那邊。

我們慢慢走向中央，在看到地獄圖之後我更確信了，這個地獄門比之前見到的要來的大多了，連地上的地獄圖雕刻SIZE都明顯不同。

「幹！這是什麼?!」

卡士伯的驚呼傳來，聲音中是無比的驚訝與錯愕。我見他在前方那堆器械的陰影下，想必是遇上什麼了，趕緊招呼了蟲哥和賤狗跑過去。

只見他動也不動地立在那巨大的陰影之下，隨著我們越跑越近，才看出那座東西堆得像小山似的，體積比我預估的要大多了。不知道是作法用的超大祭壇，還是用來拷問死鬼的超大刑具，或是……

開門時聞到的那氣味越來越重了，代表我們正走向來源。我在腦中思索著這氣味，應該是常接觸的，卻不會讓人注意到它有什麼樣的氣味……

腳下沒注意踩到東西，我一滑便摔了個四腳朝天。

這地板是石質，上面還有凹凹凸凸的雕刻，想也知道我的屁股有多慘烈！我邊咒罵邊爬起來看看是踩到什麼狗屎……不是狗屎！是一張嶄新的千元大鈔！

雖然跌了一跤，不過既然是踩到錢，那麼我也可以釋懷了。我撿起那張千元大鈔，對蟲哥道：「看，我撿到錢耶，待會兒我請客……」

蟲哥背對著我像雕塑般動也不動。加上卡士伯和賤狗，三人形成一幅可笑的畫面。

我心中疑惑頓生，難道是他們踩到了機關，所以不能動了嗎？

我往他們腳下看去，只見地上鋪了層東西，仔細一看竟然全是鈔票！原來他們是看到地上這些錢才這麼驚訝。不過地上的錢多歸多，也不至於嚇成這樣吧？

地上四處散落著錢，我爬起來努力地將錢塞進褲袋裡。我邊走邊塞，一直來到蟲哥身旁，嘲笑道：「蟲哥，你這輩子沒看過這麼多錢對吧？」

蟲哥緩緩轉過頭看我，嘴巴依舊驚訝地張著。他突然伸出手扳住我的頭，硬往旁邊轉，道：「……你看。」

我無法抵擋他的力氣，罵道：「痛死了，我的脖子快被你扭斷了……」

下一秒，我說不出話來，嘴巴發出了無意義的「咕噗」。看到眼前的景象，心中的感覺實在難用三言兩語形容。

成堆鈔票疊得高高的，我們在遠處所見到的那座巨大如山的陰影竟然是鈔票堆起來的！錢堆高到融入了背景一般，那些鈔票有千元有百元，有些一捆捆束好的，也有些散落一地，踩在我們腳下。

那氣味……就是錢的味道！

我抬頭往上看，那些錢簡直堆得高聳入雲，而左右看去，眼睛所見全是鈔票，就我大略估計，幾十個人牽手合抱也無法圍住這堆鈔票。這些錢的數目完全超出了我的想像……不，應該是我完全無法想像這麼多錢是多少。這些錢足以填滿我的房子了，還可以多塞好幾間……

我對錢的概念一下子顛覆了。這麼多錢在眼前，老實說已經看起來不像是錢了。最先回過神的是蟲哥。他從地上撿起一捆鈔票，再拿出口袋裡的小手電筒，大略翻了一下，然後臉色慘白道：「這是真的。」

我踢了賤狗一腳，牠馬上暴怒地咬住我的腿。我吃痛慘叫：「原來這不是做夢！」

卡士伯沒說話，我想他應該是嚇得魂飛魄散了。

蟲哥繞了鈔票山一圈回來，語音顫抖地道：「這全是貨真價實的鈔票，後面塌了一角下來，我本來還以為鈔票下是其他東西……」

「青道幫不翼而飛的的幫產都在這吧？沒想到還真的全部領了現鈔出來……」我喃喃道。「他們要這麼多現金做什麼？用鈔票磚蓋房子？」

「該不會是要捲款潛逃到海外……」卡士伯終於回神，插嘴道。

「笨蛋！你倒是說說帶著這麼多錢怎麼跑？」我罵道。

蟲哥帶著歉意對我說：「不好意思，小鬼，這些錢是證物，要麻煩你拿出來喔。」

我忙伸手護住口袋，求道：「唉呦，這裡這麼多錢也不差我拿那幾張……要不你也拿一些，反正你知我知就好。」

我們之中，唯獨不受這些錢影響的只有賤狗。牠慢步踱到鈔票山旁，舉起腿就開始撒尿。我繞了鈔票山一圈，在附近發現一輛運載大型物品用的卡車——在高速公路上會小心翼翼避免開在它隔壁或後方的那種龐然大物——停在更為龐大的鈔票堆邊上，一點也不起眼。車斗上罩著帆布，蓋得嚴嚴實實，深怕別人不知道裡頭藏著東西似的。蟲哥敏捷地爬上車，用力拉開帆布。我跟在他後頭爬上去，看清車上運載的東西後，渾身發寒。

上百支約莫殺蟲劑罐子大的金屬管子，整整齊齊地排列著，金屬管上都印著輻射警示標誌！

之前死鬼便揭露了紐克利公司進口核廢料一事，只是完全查不到下落。原本警方估計紐克利從世界各國進口核廢料賺取可觀的處理費用，可能將廢料運載到無人礁島堆放或是直接灌水泥沉入海底，沒想到竟藏在這裡，離人口稠密區不過數公里之處！

蟲哥臉色難看的前所未見，我順著他的視線，發現所有金屬管子都連接著數條電線，一路延伸到旁邊幾個約啤酒箱大的塑料箱子，約有三四十個，整齊地堆在一起。

我看過的電影和影集多到讓我足以猜出這些東西是幹嘛用的，不禁失聲叫道：「這是……髒彈！」

卡士伯循聲而來，驚訝道：「那是啥？」

髒彈就是放射性炸彈，爆炸後放射性物質將廣泛地傳播出去。我不清楚這會造成什麼樣的後果，因為影集裡壞人的計謀都被成功阻止。

蟲哥小心地打開箱子檢查，清點之後表情愕然：「這裡起碼有數百公斤的火藥，別提放射性物質，只要引爆就能引起山體塌陷，整座山都會被夷為平地。」

我驚慌失措，腦子一片混沌。「我撒尿在上面有用嗎？火藥淋濕就燒不起來了吧？雖然數量有點多，但我努力一點……」

這時，蟲哥的電話響起，他跳下車後講幾句便掛斷了，神情嚴肅地轉過身對我道：「其他的地獄門除了沒有鈔票之外，都發現了數量更多的髒彈。若是全都引爆，估計這個城市就要消失在地圖上了。而且現在東北季風強盛，整個島、甚至東南亞地區可能都會掩蓋在輻射塵埃中。」

我嚥了嚥口水，結巴道：「讓拆彈小組去……」

蟲哥搖搖頭。「已經出動了，不過這些炸彈連接著平衡裝置，試圖運走很可能引爆，而且每一個都有獨立線路，必須一個一個拆除。」

我努力讓自己聽起來沒那麼害怕：「幸好我們發現得早。」

「可能太遲了。」蟲哥沉著臉道。「這麼多炸彈，人手完全不足，今天可能連一個地獄門的量都拆不完。而且據回報，除了平衡裝置，還可以遠程遙控引爆。」

我看向卡車上印著刺眼警示標誌的金屬管，心想這應該就是最後了。如此大量的火藥絕不可能只是用來虛張聲勢，一定有更可怕的陰謀。我拿出手機，傳訊息給我認識的人，讓他們攜家帶眷，能離開的就快離開，越遠越好。他們相信也好，不信也罷，我希望能救多少算多少。

「總之，我們得先離開。」蟲哥嚴肅地說，「當務之急是要封鎖這裡，還得緊急採取對策，幫主尚未提出任何要求，說不定有轉圜的餘地……」

在這時刻，看著那些一引燃就會讓我灰飛煙滅的炸彈，聽到比世界大戰開打還更讓人心驚的消息，我反而冷靜下來了。若幫主打算引爆那些炸彈，那麼撤離整個城市也沒用了，現在掌控局面的是他，我們只能等著命運的宣判。越是這種時候，我想找到死鬼的意念更為強烈。如果一切都將在今天結束，我不後悔沒與重要的人告別，我們能在死後世界再會。然而死鬼並不是，我或許再也沒機會見他一面，至少到最後一秒都不能放棄！

我爬下卡車，對蟲哥道：「我不走，這裡是我最後的希望了，就算死鬼已經掛了，我也要聽青道幫主親口說。」

蟲哥走過來抓住我的手臂，語氣嚴肅：「小子，這可不是鬧著玩的！身為警察，我有保護人民生命的責任。」

「身為男人，我也有自己的擔當！」我甩開蟲哥，怕他又來逮我，趕緊往鈔票山上爬。

「若你執意如此，我只能以妨礙公務逮捕你了。」蟲哥皺眉勸道。

我氣喘吁吁地爬，對蟲哥的話置之不理。「你要走自己走。」然後攀著鈔票山轉向卡士伯：「你聞得到幫主在哪裡吧？快帶我去。」

「我不要，誰要待在這等死？你自己慢慢玩吧。」

突然「轟隆」一聲巨響，圓頂的燈亮了起來，整個室內亮如白晝。

我趴在鈔票上往聲音來源看去，九點鐘方向的一扇門緩緩開啟了。

蟲哥連忙小聲道：「小鬼，趴著別動。」

這鈔票山高度足以讓我躲在上頭而不會被發現，只是得像壁虎一樣緊貼著才行。

「你們快上來啊！」我小聲喊道。

雖說我抱著走進來的人可能還沒看到他們的僥倖心理，但這室內現下燈火通明，沒看到顯眼的蟲哥和賤狗才奇怪。

「別出聲。」

「幹，真衰。」我還聽到卡士伯大聲地幹譙。

引擎聲轟隆作響，從門口駛進一輛砂石車，在稍遠的地方停下，接著便是車門開關的聲音。

我稍稍抬起頭想偷看，但隨即就發現這樣做很容易被發現，只瞄到幾個模糊的人影朝這邊走來，連臉都沒看到。

……不知道他們是否帶著死鬼？說不定他現在正被五花大綁，被拷問得奄奄一息……我努力想用意念感覺到彼此的存在，不過聽著越來越近的腳步聲，我緊張地無法集中。

腳步聲在不遠處停了下來，一個聲音說道：「沒想到入侵者竟然是你，小重。」

我心裡一驚，這是幫主的聲音，沒想到大魔王這麼快就出場了。頃刻間，這裡的氣溫似乎下降了幾度，空氣也變得濃稠起來。

「署長……不，幫主。」蟲哥不輕不重地回應。

「虧你能查到這裡來，看來你的確有所長進。」幫主的聲音聽起來就像是慈祥的長者，似乎完全不在意據點被發現的事。

「託你的福，最近工作很忙，我也學到了很多。」蟲哥反擊道。

「那個小鬼呢？」一個冷酷的聲音插了進來。

我吞了吞口水，悄悄伸手擦了下冷汗。這個久違的聲音我永遠都不會忘記，是……琛哥。聽蟲哥說他應該還在緬甸，原來是避開了條子的監視，提前回來了。

賤狗發出「吼嚕嚕嚕」的聲音，牠一定還記得死鬼當初差點被琛哥弄死。

「他不在，要是讓他傷到一根頭髮，只怕組長回來後會找我算帳。」蟲哥不慌不忙地說。

對，對，就是這樣，我心裡吶喊著，必須不著痕跡地問出死鬼的下落。

「那小子託我一件事，我非得幫他問出不可。組長在哪裡？」

笨、笨蛋！怎麼可以這麼直接！

「你覺得拿槍指著我就能問出來嗎，現任組長？」琛哥的語氣不帶一絲情緒。

我聽到輕微的「喀嚓」聲，那應該是蟲哥拉開了保險，不知道他是啥時掏出槍來的。接著，蟲哥道：「幫主應該清楚，從菜鳥時代開始我的槍法一直都不太好，雖然我想射擊膝蓋讓你們不能動彈，但可能會射到心臟或腦袋？」

……那也差太遠了吧！

我實在很擔心蟲哥，光躲在這看不見情況讓人忐忑不安。我回頭瞄了一下，便小心蠕動身體往後爬。這鈔票山的後方堆成斜坡狀，我緩緩往下爬，選定了一塊地方慢慢抽出鈔票磚，將我的臉貼近空隙，窺探前方狀況。

我閉著一隻眼從空隙內偷看，蟲哥背對鈔票山，拿槍指著站在他對面的局長和琛哥，卡士伯站在一旁，賤狗太矮了看不到。我有些失望，本來以為會看到被繩子綁著的死鬼。

「你們兩位就趁早說出來吧，就算你們有武器，我也有信心在你們動作前結束這個局面。」蟲哥威脅道。

「你什麼時候投靠了警方？」幫主溫和地說。

我愣了一下，他在說啥？但隨即我就聽到卡士伯說：「我是跟蹤這個條子來的，他又看不見我。」

「所以你沒有背叛我？」

「當然不是，我馬上就能解決您的敵人。」

我大吃一驚，這惡鬼竟然……我正想要如何幫蟲哥時，卡士伯猛然一竄，撲倒了蟲哥。這一下來得猝不及防，蟲哥悶哼一聲便被他撞了出去，槍滾落地面，滑出幾尺。

賤狗立馬發出威嚇聲撲了上去，但牠的攻擊對卡士伯起不了作用，他身體一捲便將蟲哥和賤狗給牢牢綁在一起了。

蟲哥驚愕道：「怎麼回事！」

蟲哥看不到卡士伯，當然不曉得是他搞鬼。我咬牙切齒握著拳頭，把這傢伙帶來真是失策，怪就怪我相信了他！

「很好。」幫主沒理蟲哥，面無表情說：「這段期間你做了什麼？解決掉那個孩子了？」

我的心跳頓時漏跳了幾拍，握緊在口袋裡的符咒，在腦海裡瞬間制定出戰略：等一下卡士伯要來抓我時先貼在他頭上制住他的行動，然後跳過鈔票山落地後，一個鷂子翻身、以迅雷不及掩耳的速度撿起槍，帥氣地轉身砰掉幫主和琛哥——幻想是一回事，如果我是丹尼爾克雷格大概就做得到了。

「是的。」卡士伯趾高氣揚地說，「那個礙事的小子不會再出現了。」

……如果我沒搞錯，所謂的小子是我吧？

我從隙縫中偷看，卡士伯的身體依舊捲著蟲哥他們。在賤狗大屁股的遮掩下，他反手在背後對著我比了個「讚」。

讚你個頭！

我差點脫口而出，不過心中大石也放下了，原來卡士伯並沒有倒戈。

「他不會再來礙事就行了，你做得很好。」幫主道：「屍體應該丟棄在顯眼的地方吧？終究是個孩子，讓他好走。」

蟲哥雖然聽不到惡鬼說啥，但聽幫主單方面的對話應該也聽得出來現在狀況。他不動聲色，完全沒朝我這裡看一眼，然後裝出驚訝又憤怒的表情大罵：「你在跟誰說話?!你們把那小鬼怎麼了！」

既然蟲哥那裡也接收到了，我心裡盤算著，情況對我們有利！先降低幫主和琛哥的警戒，我們人多勢眾，打贏他們應該不是難事。只要先發制人，不給他們機會使出那些奇奇怪怪的法術就行。

卡士伯應該也深諳這個道理，他在背後擺了擺手，要我別輕舉妄動。

「你到底要做什麼？」蟲哥悲憤地大喊，「你就是為了這些錢甘願放棄原有的人生與地位嗎？」

我心裡暗嘆著，蟲哥的演技有資格跟我爭奪奧斯卡咧……

「你要說金錢不重要嗎？」幫主平淡地說，「這些錢以及投身警界的數十年對我來說，只是完成我的目的所必須花費的代價。為了達成目的，一定要付出相當的努力，這應該是所有人都明白的道理。」

「那麼你到底是為了什麼而要做出這些事？」

面對蟲哥的問題，幫主嘆道：「知道了對你也沒用，像其他人一樣毫不知情不是很好？不過，就當是你最後的願望，我可以告訴你。」

幫主往前踱了幾步，環視這個廣大的空間和鈔票山。我屏住呼吸，脖子往後縮了縮，深怕被發現我藏在他們眼前不過數公尺的地方。

「你應該知道這是地獄門吧。」雖然是疑問，但幫主的語氣相當肯定。

「是的。我曾聽小鬼說過，他在紐克利大樓地下室時，親眼目睹地獄門的開啟，還差點就被捲了進去……難道這就是您的目的？開啟地獄門將一切化為烏有？」

幫主像是欣賞著藝術品，全神貫注地看著地上的雕刻。地面上栩栩如生的惡鬼張牙舞爪，血紅的輪廓在頭頂強烈的白光照射下更顯得鮮豔駭人。

「這個地獄門花了我很多時間。」幫主突然開始發表他的設計理念，「設置的地點、數量、建材以及空間的形狀大小……十八個地獄門代表十八層地獄，環繞地獄門的四十九扇大門就是死後到陰間的七七四十九天……你知道這些代表什麼嗎？」

……鬼才知道啦！我比較想知道三百六十度的圓周怎麼等分成四十九塊，明顯就是有誤差，還敢說計算得有多仔細咧。

幫主繼續道：「中間這個地獄圖，更是貫注了我全部心血。我想你也知道，這裡即將開啟通往地獄的道路。」

……等一下小爺就把你這老傢伙先推下去！

幫主微微一笑，道：「關於地獄門的作用你們可能有些誤會，那並不是要讓人進去的，而是要放人出來的。」

他這話一出，蟲哥和我都是一愣，卡士伯……大概也是，他的臉太模糊了看不出來。

「我原本的打算是十八道門各通往十八層地獄，不過遇上意外而提前被破壞了幾道門，但那並不會阻礙我的計畫。畢竟質量夠的話，相對來說數量也就沒這麼重要了，只要有這裡一個門就行了。」

聽到此我鬆了一口氣，要是我們之前有耐性地真照著地圖上的地獄門設置一個一個去破壞，這裡一定是最後一處，等我們找到這裡可能就來不及了。

蟲哥沉聲問道：「您的意思是，您本來打算一口氣釋放十八層地獄的鬼出來？難道您不知道這會破壞兩界平衡嗎？」

「這我當然知道，鬼魂一下子湧進會造成人間的崩壞，到時候只怕人間和地獄也沒什麼兩樣了。所以，我也針對這點做了完善的考量。」

幫主走近鈔票山，伸手拈了張紙鈔。我嚇得連大氣都不敢喘一下，只求他趕快遠離這裡。

「這些錢是用來支付開門的費用。這些年來我辛苦經營青道幫，為的就是今天！」

說到此，幫主一直沒什麼情緒波動的臉終於出現一絲狂熱的興奮。「打開門後，十八層地獄的鬼魂會盡數湧出，為了避免世界崩壞，我也會提供相當數量的靈魂給他們。」

我不曉得十八層地獄裡有多少人口數，不過肯定是很多，當時在地獄看到的那些鬼魂是數以萬計的吧？

「你要怎麼還給他們？你殺得了這麼多人嗎？」蟲哥近乎嘲諷地說，隨即臉色大變，愕然道：「難道那些髒彈是……?!」

幫主詭異的抽動了一下嘴角。「髒彈，主要目的是癱瘓首都的軍事政治機能，輻射造成的影響算是附加紅利，日後可以源源不絕地補充去地獄的靈魂。不過我的主力還是地獄居民，打開地獄門後惡鬼伴隨著業火，所經之處，不會有人存活下來，那些鬼魂的怨氣足以吞噬一切生靈。」

聽幫主的描述，讓我想起之前魔戒二部曲裡，那個邋遢的剛鐸之王請來的怨靈大軍一湧而上、瞬間消滅敵人的場景……想起那畫面，我不禁打了個冷顫，看電影時覺得挺威風的，放到現實來根本難以想像。

蟲哥大驚失色：「若是如你所說的一樣吞噬一切，那你也難逃一死啊！」

幫主微笑道：「我能夠操控那些鬼魂，讓它們聽我的命令行事。」

……這時我才恍然大悟，原來這就是幫主的目的！所以他才不在乎這些錢、甚至是辛苦掙來的地位，有了一群聽他命令的、刀槍不入的陰魂作為武器，不管什麼東西根本就是手到擒來。

「所以……你……」蟲哥看著局長，卻什麼話也說不出來。

「我會先將它們釋放出去，一人勾一條魂魄回來。這四十九扇門代表著死後在人間所要經過的七七四十九天，地獄門可以加速這個過程，讓他們及早到陰間報到，填補空缺。」

幫主臉上掛著殘忍的笑意，彷彿他已掌握了一切。我握緊了拳頭，心中憤怒得無以復加。

青道幫這些年來做盡壞事，毒品、軍火、走私人口等，他們的血債數也數不清，現在更要為了所謂的目標犧牲毫無關係的人……連問也不用問目的為何，人最在乎的東西不過就是金錢和權勢，以非法手段賺來的數百億元不夠，警界高層的地位更是不屑一顧。

我嘲笑地想，當然囉，連漫畫主角拿到死亡筆記本就想成為新世界的神，更何況幫主掌握的是更令人懼怕的能力，甚至還不用擔心會有啥 LMN 來抓他咧。

「為了獎勵你查到這裡，」幫主對著蟲哥道：「我就讓你見識這個世界的改變……讓你晚點再死。」

局長轉身問琛哥道：「時辰到了嗎？」

兩個人都背對著我們，就是現在！

卡士伯一下子鬆開了身體，解開對蟲哥的束縛。

我奮力往前一推，將擋在我面前的髒錢全部推倒，然後奮力跳下鈔票山，直往局長衝去。

所有的動作，都在眨眼瞬間完成。

你們那骯髒的野心，會在今天破滅！

突然，一股沉重的力道從我背後壓下。我重重摔在地上，胸腔受到重力擠迫，肺簡直就要被壓碎了。而蟲哥、卡士伯和賤狗也在起身準備攻擊時，莫名其妙地又倒回地上。

我的眼睛沒有忽略數道一閃而逝的黃光。那是從琛哥手上發出來的黃色符咒，他頭也沒轉，一回手直接射到他們手腳，符咒纏上去的剎那便奪走了行動能力。

蟲哥和賤狗倒在地上，四肢都被黃色符咒黏在地上動彈不得，卡士伯更是飛出了好幾尺，被釘到鈔票山上了。

我喘著氣掙扎，沒想到這裡竟然有其他人埋伏，琛哥的符咒並未射向我，壓倒我的傢伙正抓著我的雙手扭在背後。我曲起腿想踢他，也被輕鬆地擋下來了。

「好久不見。」琛哥面無表情道，看到我完全不驚訝

不過蟲哥的反應卻很奇怪，他張著嘴巴瞪著我，一副看到鬼的樣子。

「看屁啊！」我粗聲道：「你還不是被抓到了？只用兩張紙就能擺平你了……」

我罵到一半，發現卡士伯和賤狗的表情也相當怪異……大概吧，我注意到他們的視線並不是看著我，而是看著在背後牽制我的人。

該不會是抓著我的人是啥妖怪吧？看蟲哥他們的樣子，我根本不敢回頭看。

抓著我的手冰冷粗糙，力道大得簡直要扭斷我的手了。我心中一動，管他長得再恐怖也不會比賤狗醜吧？我用力扭過頭，當看到背後的人時，我的心臟猛烈跳了一下。

黑髮，五官，無一不是我所熟悉的……我驚喜叫道：「死、死鬼！」

PHANTOM

Chapter 8

再見死鬼

AGENT

在看到死鬼的瞬間，這些天來努力壓下的情緒一擁而上，既有些酸澀又同時覺得慶幸。我有超多話想跟他說，想問他遭到什麼樣的嚴刑拷打，向他炫耀我已經不再是偽天師了，那個惡鬼就是我第一個收服的……

無數的念頭在腦中閃過，然後我才驚覺，死鬼似乎有些不太一樣，原本漆黑的瞳孔已被毫無生氣的灰白取代，臉上表情也像殭屍般木然。

又是一股疼痛從手腕傳來，直疼到骨子裡了……死鬼扭著我兩隻手，一隻膝蓋還抵在我背後。

「死鬼？」我嘗試著呼喚他，但他的表情毫無變化。

我覺得有種莫名的寒意從腳底竄上來，這個人應該是死鬼啊，但他怎麼會用這種表情面對我？無數次救我於危難中的手，為什麼現在卻彷彿要置我於死地？

雖然死鬼心情不好時就像是個會走路的冷氣團，但怎麼也比不上現在給人的疏離和冷酷，就像不認識我一樣……

「你應該發現了。」琛哥拿出打火機點了根煙，淡然道：「他已經不是你認識的那個人。」

「這是什麼意思？」我忍著胸腔被壓迫的痛苦問道。

「就是字面上的意思。」琛哥低沉富有磁性的聲音在這空間環繞著。

幫主朝我走來，我反射性地縮了下身體，又被背後的死鬼壓回地上。

「你知道我如何控制鬼魂嗎？」幫主平淡地說，「他們是怨念和欲望的集合體，沒有東西可以滿足他們。要掌握他們，只能藉外力採取中樞控制，控制住思想和行動，讓他們成為只會聽從命令的傀儡。」

幫主在我面前站定，一伸手攫住死鬼的頭髮往後扯，另一隻手便往他額頭插去。

「——！」

看到這景象，我的身體猛然彈起，縱使被驚駭得說不出話來，但我卻像著魔似的連眼睛都沒眨。

幫主的兩根手指沒入了死鬼腦袋裡，似乎掏了什麼東西，然後又退了出來。我顫抖著看著死鬼的臉，額頭部分還是一片光潔，沒看見什麼窟窿。

局長拈著顆約莫彈珠大小的紅色珠子，那是他從死鬼腦袋裡拿出來的。「這是魂珠，用我的鮮血養成，植入之後他們就會聽我的命令。可惜的是，這雖然方便，副作用也挺多……」

我忽地感覺死鬼放鬆了力道，連忙叫他：「死鬼！」

死鬼眨了下眼睛，瞳孔變回黑色。他低下頭看到我時，眼中出現了一絲迷茫。我還來不及高興，幫主又再度將珠子插入死鬼的眉間，死鬼又變回了木然樣子。

「渾蛋！快把那噁心的東西拿出來！你要操縱什麼鬼怪異形都隨你去，那裡有個愛裝少年的老鬼和一條爛狗送給你好了，放過死鬼吧。」我扭動著身體大叫。

卡士伯和賤狗對我怒目而視。

幫主臉上露出個遺憾的微笑。「很抱歉，就算現在我將魂珠取出來，他也不會恢復了。」

「……大叔，麻煩你說中文吧。」我根本無法理解他放了什麼屁。

「植入珠子會讓他自身力量暫時提高，所以小重才能看見他。魂珠的功能就是破壞思想中樞以及作為提高靈力的催化劑。但魂珠本身並不會提供任何力量，只是加速自身靈力的燃燒。」幫主惋惜地說：「所以，就算我將魂珠取出，他的靈魂已經破壞殆盡，所剩靈力也無法讓他撐太久。」

……這是什麼意思？我努力想把剛剛的話解釋成其他意思，但這時候腦子卻該死的清楚到不行，想自欺欺人都做不到。

我撇過頭看著死鬼，縱使他的表情像陌生人一樣，他還是死鬼。從他消失以來，我一直懷抱著能再見到他的希望，就算理性再怎麼告訴我說死鬼可能不在了，我還是無法相信。只是，現在終於見到死鬼了，我還來不及品嘗這種喜悅就得知了更殘酷的事實。

在一旁的蟲哥也低下了頭，哽咽地咒罵。

我驀地覺得鼻子有些酸澀，但並不是太難過。現在這種情形，幫主斷然不會放過在場的人。至少，我可以跟死鬼一起走，還有蟲哥和卡士伯。如果可以，我真的很希望黃泉路上不會再見到賤狗……

「……蟲哥，還有卡士伯，很高興認識你們，看來今天我們得死在一起了。」

「誰是卡士伯啊?!」卡士伯暴怒道：「老子才不想跟你們死在一起咧，要死我也希望是『馬上風』……」

「就是啊，小鬼！」蟲哥焦急道：「你怎麼可以說死呢？你以為這是組長希望見到的嗎？」

「我不知道死鬼希望我做什麼，除非他親自跟我說。」我盯著死鬼道：「我突然覺得，死並不是一件壞事。這樣說可能很自私，但就是因為死鬼死了，所以我才能和他相遇，然後經歷到一般人一輩子都不會碰上的事。

「可能是我在幾個月內將這輩子該經歷的事全經歷了，所以現在死了也不會遺憾。只是要你們陪葬我有些過意不去……」

「我操！你活夠了我可還沒！」

「師傅，時辰到了。」琛哥忽然道。

幫主轉過身來對我道：「抱歉，可能無法完成你的遺願，我必須借用他來舉行儀式。」

「利用死鬼？什麼意思？」

「要打開地獄門放出鬼魂們，這個儀式是要用靈魂交換的，所以我打算利用他開門。因此，他會比你們先走一步。」

「你、你這渾蛋！」我怒吼道。

「如果你要代替他也可以。」幫主皮笑肉不笑道：「只是，作為交換的人會到十八層地獄，永世不得超生。」

我沒花多久時間思考，抬起頭咬牙道：「我願意代替死鬼，反正我壞事做盡了，以後大概也免不了去十六、十七層地獄。死鬼他……不應該下地獄的。」

蟲哥聽了馬上大罵：「你白痴嗎？說話也要先經過腦子思考的啊?!」

幫主微露驚訝，一直面無表情的琛哥也終於表現出一點情緒。他轉向局長道：「師傅，這樣好嗎？程序上不能有一點閃失……」

「無妨，生靈或鬼魂都不會影響儀式進行。」幫主揮手讓琛哥閉嘴，然後轉向我道：「他畢竟是我從小看著長大，我也覺得對他有所虧欠，如果能避免讓他再受折磨、安穩地投胎轉世我也是願意的。我就讓你代替他，你想清楚了吧？」

「是的……」我低頭道：「可以答應我一個請求嗎？到陰間的路上我可能會怕，我希望你能讓死鬼來陪我一段路。然後，我們就各走各的……」

「我會送他上路。」

幫主讓死鬼放開我，我站起來整理服裝儀容，將衣服頭髮弄整齊，繫緊了鞋帶。

死鬼始終站立一旁，沒看我一眼。

我慢步到蟲哥身旁，無視他的怒吼道：「蟲哥，等會兒見。」

琛哥已將祭壇準備好了，一張小桌子上面放了些香和法器，這些東西一直放在一旁，只是我們被鈔票山和炸彈奪去了注意，早知道我一進來就把它砸了。他們將地獄圖上的東西清空，只留下我一個人站在邊緣，旁邊就是祭壇。

幫主站在祭壇後，口中念念有詞，點了一炷香插在香爐裡，然後手指一彈，旁邊的鈔票山便瞬間點燃，一下子燒得一發不可收拾。

就算火勢猛烈，這麼多捆得扎扎實實的鈔票磚也著實燒了很久。死鬼的臉映著火光，看起來似乎有了表情一樣，不似剛才的僵硬。

我目不轉睛望著他的臉，他的頭髮和衣服在炙熱的氣流中飛揚的樣子，我要全部記起來、銘刻在心中，這可能是我最後一次看到他了。

我知道死鬼不可能一直陪著我，只是沒想到這天來得這麼快。

我低頭看著腳下猙獰的圖形，忽明忽暗的效果讓那些獄卒都活靈活現的，彷彿下一刻就會伸出枯枝般的手將我拖下去。

幫主表情著迷似地看著沖天大火，剛剛不斷罵我呆子的蟲哥也忘記罵人了，只有卡士伯看起來相當悲慟的樣子，碎念著剛被釘在上面時就應該誓死保護那些鈔票。

「差不多了。」琛哥提醒幫主。

幫主點點頭，慎重地拿起桌上一柄小刀朝我走來。我驚恐問：「你要幹嘛？用那個要是沒捅個幾百下不會死人的耶！」

「這是要取我的血用的，接著是最後一個步驟。」

他走到我旁邊，不過仍站在地獄圖的範圍之外。我大概可以想像那種情景，地獄門會在地上開出一個黑洞，站在上面的我就會被吞噬掉。

幫主右手握著小刀，將刀刃部分放在左手掌心之上，劃了下去。血珠慢慢滲出，他傾斜手掌，讓血順著掌紋緩緩匯聚流下。

在血珠離開他的掌心剎那，我的視線越過局長的肩膀對上了後方的蟲哥。我用眼神傳達道：行動！

……死鬼，這次我一定不會讓你失望，我會守護你，代替你完成該做的事！

轉念之間，我已經原地拔起，利用身體的傾斜向前衝，剛剛我不著痕跡地彎曲膝蓋預備，以便發揮出夠強勁的爆發力。我一頭撞上幫主，將他撞離了地獄圖，兩個人翻滾在地上。

同時賤狗也從地上彈起，撲倒了注意著地獄圖而無暇顧及其他方向的琛哥。蟲哥一個箭步走到了他的佩槍掉落處，拾起來對著幫主道：「不准動！」頃刻間局面逆轉了。

我從地上爬起，趕緊確認地獄圖，所幸毫無變化，上面除了灰燼和火星子什麼都沒發生。我及時將幫主撞了出去，沒讓他的血滴上去。

這都要感謝紐克利的禿董。他上次倒了一瓶紅色液體在地獄圖上，因而打開了地獄門，適才幫主說要用他的血完成最後的儀式時，我便想起了這回事。

蟲哥舉槍指著幫主，賤狗壓制著琛哥，現在局面在我們的掌控之中。

「你們……是什麼時候掙脫的？」琛哥沉聲問道。

我拍掉身上的灰燼，彎腰脫下鞋子得意地展示道：「看到了沒？不要小看不良少年的智慧！就怪你們太沒防範了，竟然相信我說的話……我可一點都不想死，誰要跟死鬼殉情啊？」

我的鞋底黏著一張黃色紙塊，還有一坨粉紅色的口香糖，那本是我為了減少緊張感而嚼的。剛剛趁著綁鞋帶黏在鞋底之後，我走到蟲哥旁邊，本來想利用口香糖的黏性將整張符揭起，我想蟲哥只要一隻手腳能動應該就有辦法脫身。

我蹭了半天只撕下一塊，不過至少成功破壞那張符紙了。之後，藉著局長和琛哥將注意力放在我和儀式上時，蟲哥用空出的一隻手撕下了束縛他們的符咒。

「貧道我雖然修行尚嫌不足，不過關於那東西還是有一定程度的了解。」我裝模作樣地說：「看電視也知道，那些殭屍沒辦法自行將貼在頭上的符拿下來，但只要天時地利人和，就算一陣風都能把那些鬼畫符吹掉。」

「那個……」蟲哥歉疚地說，「其實是因為剛剛有火花吹來這邊，將我手上的符燒掉的，那個符雖然被你撕了一角，不過要掙脫還是有點難度啦……」

「聽你在吹牛！」卡士伯兀自被符貼在地上，嘲笑我道：「你那些三腳貓功夫還敢拿出來說？還不快把我放開。」

「……我看你躺在那邊也挺自得其樂的，你就待在那邊就好了。」

我撕掉卡士伯身上的符，轉向幫主，見他一副泰山崩於前而面不改色的樣子，我感到有些擔心。這傢伙要是不快點處置的話，讓他得到機會必定又會興風作浪。

「你有權保持緘默，但你說的一切都會作為呈堂證供……是這樣說的吧？」我蹲下來對幫主道：「我對你的陰謀沒興趣，我只想要你讓死鬼恢復。既然你能做出像魂珠那種高級道具，那麼一定也有辦法讓他恢復吧？」

幫主牽動嘴角，露出了個令人憎惡的笑容道：「很遺憾，誰也救不了他。」

我強忍著怒氣，低吼道：「你不要逼我，狗急跳牆的時候我什麼都做得出來！」

「小鬼！」蟲哥急忙喝道：「不要衝動，慢慢問就會問出來的。」

幫主陰惻惻地說：「就算我將魂珠取出，已經破壞的也不可能恢復。更何況，他現在接近油盡燈枯了，難道你沒感覺嗎？在我將魂珠植入之前，他的力量已經開始衰退了。鬼魂從衰退到死亡這段期間是很短的，不出兩個月，他就會灰飛煙滅。」

「你、你胡說八道！」

「你應該也看出一些跡象了吧？只是他顧慮你的心情沒將事實說出來。」

幫主的話像重拳般一下下捶得我幾乎站不住。死鬼近來的嗜睡，還有我以為眼花的時候……這都代表著死鬼的終結？

「幫主，請你不要再胡說了！這樣對你沒有好處！」蟲哥氣急敗壞地說。

我慌張抬頭尋找死鬼的身影，卻赫然發現他並不在剛剛站的地方！我一轉念，趕緊對蟲哥大喊：「小心……」

說時遲那時快，一個影子猛然出現在蟲哥背後。蟲哥警覺心很高，馬上回頭並將槍口指向背後的人。

在他背後的正是死鬼。

蟲哥一見到是死鬼，臉上出現動搖，就在這瞬間露出了破綻。死鬼腳一踢便將他手中的槍踢飛了出去，並擒拿住蟲哥將他按在地上。

「卡士伯！」

我大叫著讓卡士伯去幫蟲哥，而我也同時奔出，要去撿掉落的槍。

「砰！」一聲巨響震撼了在場所有人。

幾乎是槍響同時，我彷彿看見了某個東西從我胸口穿透而出。

我硬生生停下腳步，只見蟲哥和卡士伯全都瞪大了眼睛看著我。我想罵他們要什麼白痴，但從嘴裡溢出的不是髒話，而是血。

感覺到溫熱的液體沾溼了我的衣服，將我的T恤浸得一片血色。我的力氣就像被抽乾似的，雙腿一軟整個人躺倒地上。

我緩緩轉過頭，剛剛在我背後開槍的是幫主。我伸手按住胸口，貫穿右胸的傷口開始痛了起來，整個前胸後背都痛得我無法出聲，一張口便咳出血沫。從未如此清晰地感覺到痛楚，彷彿連腦袋都能感覺到這種痛苦，痛得我連試圖翻身緩解都做不到。

「小……小鬼！」

蟲哥和卡士伯見狀就想衝上來，不過蟲哥被死鬼制著無法動彈。而局長把槍口對著躺在地上的我，厲聲道：「不要動，否則我再補一槍。」

連賤狗都不顧自己看守琛哥的任務，嗚咽著想跑過來，但迫於幫主的武器也只能作罷。

「讓我幫他止血吧！」蟲哥哀求道。

「等一下你們就要死了，沒有這個必要。」幫主沉聲道。「要是早點殺了你們就不會拖這麼久了。」

我側著身體，看著我的血在地上蔓延。

我看向死鬼，在火光映照下，他的眼神似乎閃爍了一下，但我知道這只是我的冀望產生的錯覺，疼痛讓我的腦子此刻無比清楚。

以往，也不乏這種千鈞一髮的時刻，只是死鬼一次次地幫我擋了下來。而現在他架著蟲哥，依舊面無表情站在那裡，我從沒想過這種場面會讓我打擊如此之大，心痛的感覺甚至遠超出了身體的疼痛。

你應該是最維護我的人，為什麼現在沒有一點表示？直到此時，我才真切地了解到，死鬼真的不會回來了。鼻子有些酸澀，我不清楚是因為生理還是心理造成的。

「死鬼……」視線開始變得朦朧，我最後一次叫出了死鬼的名字作為道別。

幫主舉起剛劃傷的左手，沉穩地走向地獄圖。

一定要阻止他，一定要阻止他……我的心裡只剩這個念頭。怎麼可以為了個人私利讓人間變成地獄？

在遇到死鬼之前，我活得渾渾噩噩的，整天只會打架鬧事。經歷了這麼多事以後，我可以為了他赴湯蹈火、犧牲也在所不惜，但我同時也更明白了活下去的美好。這就是你留給我的生存意義，死鬼。

我慢慢撐起身體，劇痛幾乎麻痺了上半身，連五感似乎都不是這麼清楚了。

「幫、幫主……」我喚道，伴隨著咳嗽和因為大動作而加劇出血。

幫主停下腳步轉身看我。

「你知道……我的特技是什麼嗎？」

「……」

「不說你一定不會明白……咳咳！」我邊咳邊說，「我最擅長的事情，就是嘴砲……不是一般的嘴砲，而是在喝珍珠奶茶的時候，比賽誰珍珠吐得比較遠，這我可從來沒輸過人。」

幫主冷漠地說：「我勸你省點力氣，否則可能撐不到該你死的時候。」

我咬牙硬坐起身。「我只是想看清楚，你窮極一生也要追求的到底是什麼了不起的東西。」

鈔票山已經燒得差不多了，體積那麼大的東西燒完後只剩下隨著氣流捲動的灰燼，雖說如此，那些灰燼還是挺可觀的。

去。

幫主伸出左掌，剛劃的傷口已開始凝結，於是他翻到手背，毫不猶豫地又劃了下

我將攢了一手掌的灰用力朝他拋了出去，只是心有餘而力未逮，那些灰一下子就被吹散了。

幫主無視我最後的困獸之鬥，讓他濃稠的血液滴落地面，濺出一朵朵暗紅色的花。血滴一接觸到地獄圖，瞬間便揮發成紅色的血霧，消散在空氣中。

幫主露出些許疑惑，看來他也是第一次看到這種情形。

過了一會兒，地獄圖開始產生變化。圖形發出刺眼的紅光，直射到天花板上，中間出現了個小黑洞，正慢慢地擴大當中。

「終於……打通了！十八層地獄的大門！」幫主雙眼滿溢著瘋狂，張開雙手讓全身沐浴在那刺眼不祥的紅光之中。

「完了……」蟲哥怔怔地看著這情景道。

我的意識越來越昏沉，只能強打起精神迎接最終的結局。

「現身吧！」幫主嘶吼道：「拜請陰兵陰將到壇前，隨吾旨令，擒魂捉魄不得長

生，吊捉世間眾人三魂七魄十二元神一齊歸，拜請陰兵陰將聽吾號令！」

陣中颳起猛烈的風，從黑洞席捲而出，直竄到壁頂。

我漸覺呼吸困難，血液大概已經淹滿我的胸腔，並從傷口中不斷湧出，流淌一地的血讓人看了膽顫心驚。

一道銀光在黑洞中閃爍了一下。幫主見狀，對我惡意地笑道：「看你的情況，應該是看不到外面屍橫遍野的景象了，說不定你會感謝我讓你早點走，沒有多受折磨。」

我的手開始發抖，身體冷得如墮冰窖，這應該是失血過多的症狀吧？

黑洞中有東西慢慢升起，那是一支綁著紅穗的銀槍，然後是拿著銀槍的人，戴著尖頂的銀色雕花頭盔，氣勢洶湧地出現。

那人從洞中升起，他雙眸沉穩淡定，英俊挺拔，身穿銀色盔甲，細緻的鐵甲片炫目閃耀，腳踏綴有流雲紋的皮靴，威風凜凜的樣子和我所見過的那些十八層地獄惡鬼大相逕庭。

「這……真是太驚人了！」幫主讚嘆道。

我和蟲哥也看得目瞪口呆。

那人完全現身之後，黑洞開始閉合，地獄圖中心的風暴和紅光也跟著消失，室內恢復風平浪靜。

幫主和琛哥皆是一臉錯愕，尤其是幫主，他瞪大雙眼又驚又怒地說：「等等，怎麼只有你一個?!」

那人的眼睛緩緩掃過我們每一個人，最後將目光放在我身上，道：「閣下近來安好否？」

「呃……這……」我驚訝得說不出話來。

蟲哥先我一步叫出那個不應該出現在此時此地的名字：「崔判官?!」

沒錯，站在陣中央、渾身散發出凜然不可侵犯氣勢的人，就是崔判官！他的出現太突然了，讓我完全不知該做何反應。

聽到蟲哥叫喚，崔判官緩緩看過去，皺眉道：「閣下何人？」

……看來他健忘的老毛病依舊存在。

沒等到蟲哥表明他的身分，崔判官又轉向我道：「閣下面色不甚健康，狀似臨死之人。」

……廢話！你沒看到我快失血過多而死了嗎？

「這是怎麼回事？」幫主憤怒地說，「你到底是誰?!」

崔判官淡漠道：「閣下無須知曉，本官乃受召喚而來。」

「我並非召喚你！這……怎麼會出錯？」

「非也。」崔判官直接了當地說，「召喚本官之人乃他。」

崔判官伸出手指向我。所有人都看向我，似乎希望看到我露出驚愕的樣子問這是怎麼回事，然而這一切並不是誤會。

「呵、咳咳……」我笑出聲，「真、真是抱歉啊，幫主，看來你是等、等不到你的夢想實現了。」

「這是怎麼回事？」幫主陰森地說。

「你到現在都還沒發現嗎？」我科科笑道：「看看我的身邊是什麼。」

我的身旁只有大片的血跡，隨著地形的微微傾斜匯聚成一條蜿蜒的血線，那條線延伸得相當遠，一直到……地獄圖。

幫主的臉色頓時變得很難看。

「當我發現我的血往那邊流時，直覺告訴我這樣做一定有用！」我喘著氣說，「雖然我不知道用你的血或我的血有沒有差別，但還是想辦法拖住你的行動。你以為你血脂過高而變得濃稠的黑血，會比我的血流得快嗎？」

我邊咳邊笑道：「我本來只是想說，如果用我的血，說不定召喚出來的陰兵陰將會聽我的命令之類的，沒想到出來的不是那些蝦兵蟹將，而是這麼一個大人物……」

幫主臉色灰敗，嘴唇哆嗦著不發一語。

我得意地大笑，隨即又被嘴裡的血嗆得咳了起來，我感覺到自己破了個洞的肺裡逐漸充滿血液，但瀕死的感覺仍無法磨滅我的愉悅心情。「我向你正式介紹，這位是崔判官，隸屬十殿閻王麾下，是地位最高的判官。你和那隻卑鄙章魚兄的陰謀沒成功，有一半要歸功於這傢伙。」

「小鬼你……」蟲哥驚喜道。

「想不到你認識這樣的大人物……還真是不可小看你。」卡士伯佩服地說：「可以跟他商量一下，等我到陰間報到時幫我減輕刑責嗎？」

幫主身體顫抖著，似乎花費了極大力氣才能站住腳。「小鬼，就算這樣開啟了地獄門，你還是得死。」

「此言差矣。」崔判官說道：「他並未開啟地獄門，純粹祭貢金額龐大，因此由本官出面。」

我虛弱地說：「啥?這麼多錢召喚的最高級別竟然只是判官?」

崔判官似乎沒聽出我的話中帶刺，自顧自囉嗦著：「地獄門開啟失敗，原與閣下約定之人——十殿閻王中也不乏利慾薰心者——和其所允諾之兵自是不會出現，因此焚錢只被視為召喚鬼差，便就所焚之金額決定鬼差階級。此乃首次有人能召喚出判官之階級……」

崔判官語音剛落，一個東西突然從眼角竄過直朝他飛去。那東西在接觸到崔判官之前，就像碰到了隱形的障蔽，「匡啷」掉在地上。

幫主的手依舊保持著拋擲姿勢，他扔出的是一把刺著符咒的白鋼劍。

崔判官淡淡地瞄了那劍一眼，問道：「閣下召喚陰兵所為何事?」

幫主沒回答。

崔判官伸手從衣袋裡掏出一本藍色線裝書，上面寫著大大的「生死簿」。他翻閱著：「閣下死期……今日，死因乃意欲召喚陰兵而所應支付之代價，註明……由本官行刑。」

幫主大吃一驚，拿起祭壇上的劍指著崔判官道：「滿口胡言！我現在就把你這妖孽送回你該去的地方！」

我不禁搖頭。這老傢伙已經昏聵到看不清事實了，他受到的打擊一定很大，數十年來的辛苦都化成泡影，這麼多錢在他有生之年應該很難再賺回來，就算賺到了，恐怕也是個行將就木的老頭，那時他該追求的不是權力，而是得以苟延殘喘下去吧。

幫主拿著劍直朝他奔去，不過崔判官面無表情地看著生死簿。「本官將使你停下，而後斷你手中之劍。」

就如劇本所寫的，幫主到距離崔判官幾呎的地方便停了下來，整個人的動作凝滯，絲毫不能動彈。

崔判官走向他，一彈指便將劍從中折斷。在幫主因驚懼而扭曲的臉孔瞪視下，他的手凌空一揮，幫主腳下便出現一團黑影。

那黑影逐漸擴大，並像焦油池一樣翻滾沸騰。看著腳下這恐怖的景象，幫主終於發出崩潰的叫聲，粗啞的嘶吼讓人不忍聽下去。

從焦油中猛然竄出幾條如手臂般粗細的鐵鍊，緊緊纏繞住他的脖子以及身體，將他往焦油裡拖。

直到幫主整個人消失在焦油中，我似乎還能聽到他絕望的尖叫聲在耳邊迴盪。

我茫然地看著局長消失的地方，總覺得他好像會掙脫那些鐵鍊再度跳出來。縱使在人間如何呼風喚雨、權傾天下，死後還是落了個屍骨無存，和所有作惡多端的惡人同樣的結局，入十八層地獄永不超生。

崔判官的臉上波瀾不興，只是看著生死簿道：「本官今日帶走之人，應為二人。」

卡士伯臉色大變，連忙閃道一旁道：「不、不是我吧？」

蟲哥從地上跳起，驚慌大叫：「琛哥不見了！」

我們左看右看，竟然都沒看到他的身影，應是見苗頭不對就先溜了。

蟲哥跑來我身邊，手忙腳亂地邊幫我止血邊打電話叫救護車，但是我也知道胸口的貫穿傷若不去醫院縫合，終究還是會回天乏術。蟲哥眼眶都紅了，對崔判官道：「很抱歉，不過我有要緊事，你可能得要自己去抓琛哥了。」

崔判官搖頭道：「本官該帶走之人，乃他。」

我的身體一顫，順著崔判官的目光看去，那裡站著的只有一個死鬼。

一看到死鬼，我便覺得心臟像被捏住般，胸口驀地越發疼痛。他看著我，雙瞳已經恢復漆黑，雙眼下竟然是幾道怵目驚心的血痕，就像眼淚一樣順著他的臉頰滑下。

……難道死鬼恢復了嗎？

崔判官大步走到死鬼面前，端詳道：「此乃他腦中之物，控制人已死，因而崩解滲出。此人意志已摧毀殆盡，僅剩徒具外形之空殼。」

「怎、怎麼可能！」我喊道：「他明明看著我，我認得出來這是死鬼的眼神！」

蟲哥正打電話聯絡，見我情緒激動，他急道：「你別起來，再這樣下去你就要死了！」

剛說完，我便覺得一股腥熱猛地湧上喉頭，一張口，大量的血從嘴邊溢出。

崔判官朝我走來，手搭上我的手腕，皺眉道：「閣下魂魄正在離體……莫非閣下亦是今日報到？」

「崔、崔判官！救救這小鬼吧，他年紀還這麼小，怎麼可能現在就要死？」蟲哥哀求道。

崔判官淡淡地說：「本官未見他死期，代表他命不該絕，只是現在這樣我想他也撐不久了。」

很奇怪的，縱使聽到這樣的話，知道自己即將要死了，我心裡卻一點害怕也沒有。

「嘿、嘿嘿……我可以跟死鬼一起走嗎？」

「你說什麼屁話！」蟲哥怒喝道，並用力拍打我的雙頰。「保持清醒！你以為你死了最難過的會是誰？組長他泉下有知，一定會氣瘋的！」

我轉頭看著死鬼，挑釁道：「我又幹蠢事了，怎樣？」

死鬼依然像木頭一樣站著，血淚已然消失不留一點痕跡，但他那微蹙的眉頭就像是正準備訓我一頓的樣子。崔判官翻翻生死簿，接著走到死鬼面前，伸出一根手指抵在他額前，死鬼就像是被電到似的身體震了一下。

崔判官放下手指。「本官使他暫恢復清明，爾等有話且說。」

我們幾雙眼睛看著死鬼，他的雙眼閉了起來，又張開，閉起，再張開，片刻後便變得不再像是沒有自由意志的殭屍。

只見他伸手扶著額頭，看似相當疼痛的樣子，嘴唇微微張開，吐出沙啞的兩個字：

「救……他。」

蟲哥驚喜地看著死鬼，賤狗也發出喜悅的嚎叫聲向他跑去。

這不是幻覺，死鬼他開口了！我用盡力氣撐開眼皮，不想錯過任何有關死鬼的瞬間。

死鬼的臉驟然鮮明起來，不再是剛剛如霧中般的模糊。

「死……」我想開口喚他，卻哽咽得說不出來。

這幾天的壓力和緊繃，因為死鬼講出的兩個字完全釋放了。眼淚如潰堤般不能控制地流出，我的耳中只聽到自己斷斷續續的呼吸聲，被水霧模糊的眼前只看得到死鬼一步步朝我走來。

他看起來連行走都很艱難，但還是一步步堅定地踏出。我這時已淚流滿面，看著他在我身旁跪下，俯下身伸出手攬著我。

「我回來了。」他輕聲說，聲音帶著不易察覺的顫抖。

我不能抑制地嚎啕大哭，想要將對死鬼的思念和心中的酸澀一股腦發洩出來。我抓著他的西裝，感覺他的頭髮擦得我的臉頰微微發癢。他的手撐著我的背脊，安撫似地摩挲著。

他一手撫著我的臉頰，粗糙冰冷的觸感令我懷念不已。

「……王八蛋！」

「對不起。」

卡士伯和蟲哥也在一旁哭得稀里嘩啦。

我們緊緊擁抱著彼此。等到我哭勢漸緩，死鬼才微微放開我，讓我看清楚他的臉。

「我一直都知道你還活著。」我滿臉涕淚說著。

死鬼溫潤的目光飽含著無限的眷戀和欣慰。他看著我，聲音微啞道：「我也希望能夠再見你最後一次。我知道自己即將不久於人世，但一直沒能開口，也欺騙著自己繼續維持我所希望的生活。」

我抓緊了死鬼的手，悶聲道：「為什麼不跟我說？如果早點說，我就不會攪和進這些事了！我寧願……」我還是會選擇這麼做，因為你也是如此。

死鬼動作輕柔地指了指我的臉。「雖然我想說是為了你會難過，但其實是我的私心作祟。我原本以為自己唯一的遺憾就是不能將害死我的人繩之於法，但現在我有了更無法割捨的牽絆……

「我現在了解了，離開你不是我的遺憾。我的人生錯過太多事情，很慶幸死後還能擁有這段與你相處的時間，與你一起分享。」

他的話一下下地敲在我心上。我閉上眼睛，幾乎無法承受。

我知道這是最後了，死鬼的話就算不說我也能感受到，所以更清楚彼此心裡洶湧的情感。我知道死鬼即將迎向新的開始，應該要笑著祝福他，但我的自私讓我無法放開心胸。

「不要走……」

死鬼伸手擦去我臉上的血跡，正想開口時，忽然臉痛苦地扭曲。

我慌忙問：「你怎麼了?!」

崔判官緩緩道：「他試圖保持神智清明，然靈魂受損極大，所剩時間不多。」

「死鬼！」

死鬼的臉色漸漸和緩，抓著我的手道：「照顧好007，還有你自己。我真的很希望能夠與你一起走下去，但你有你的路，我也有該回去的地方。」

我淒慘笑道：「這些話你以前說過了……你又想離開了嗎？」

「即使說過了我也要再說一遍，謝謝，還有對不起……」

「渾蛋！你哪裡對不起我?!」我激動地說，扯動了傷口讓我痛得又是一陣痙攣。

死鬼抬頭對崔判官道：「來不及了，要是再不救他就太遲了。」

「我剛剛已經打通電話叫救護車來了！」蟲哥馬上報告，「可是這裡荒郊野嶺的，救護車來也要一段時間。」

「他傷勢嚴重，若及時送醫尚得以活命。」崔判官微瞇著眼睛道：「然他三魂之『生魂』和屬肺臟之一魄已然離體……」

我的意識越來越模糊，連崔判官說了什麼都無法進入腦子裡。

死鬼低下頭看著我：「總不能讓你跟我一起走……」

我喃喃道：「好啊，我們一起走，一起投胎當兄弟。下輩子我要使喚你……」

「我知道一種方法。」

卡士伯忽地出聲，他的中年人聲音還是讓我很不習慣。「有種法術……我不知道是否觸犯陰間條例！不知者無罪……總而言之，之前幫主曾把我的靈魂跟一個快死掉的小孩融在一起，我想現在這情況或許有幫助？」

死鬼愣怔半晌，突然像是迴光返照似的，雙眼熠熠發光。他將我放回地面，轉向崔判官：「他說的……你有辦法嗎？」

「確有此種法術。」崔判官道。

「那麼，不足的部分就拿我的去用吧！」死鬼毅然地說，「這是我的私心，希望你能答應我。如果我的一部分靈魂能繼續守護著他……」

「你、你放什麼屁……」我口齒不清罵。

「讓我做吧。」死鬼的臉靠近我，抵著我的額頭道：「這是我所能為你做的最後一件事。」

逐漸模糊的意識中，我已經分不清楚到底是誰在說話了。在死鬼的氣息環繞下，令人安心得快睡著了。最後見到的情景，就是死鬼那張模糊的臉……

Epilogue

尾聲

我微微睜開眼，炫目的光如刀刃般刺入眼裡。閉上眼睛，慢慢適應這種重生後的光明。

「你醒了？」蟲哥的聲音由遠而近。

身體依然疼痛，但我知道失去的生命力已經回來了，體內有種不一樣的感覺在躍動，這種鼓動應該是……

睜開眼睛，蟲哥和崔判官如門神般一左一右分站我的兩側。這裡是醫院，就代表我還活著。

「死鬼……不在了吧？」我輕聲問。

崔判官直接地說：「他已回到地府，償還此生罪孽後進入下一次輪迴。」

我撫上心口，心臟正沉穩有力地鼓動著。「我的身體裡……有死鬼的靈魂在嗎？」

「然也，閣下所失之一魂一魄，乃用他的填補，故閣下方能撿回一命。」

「這樣對死鬼不會有影響嗎？」

「縱使魂魄不全，但元神無礙，依然能投胎。」崔判官看了看太陽，「本官應回去交差矣，拖至此時只為確認爾等靈魂融合成功。」

崔判官頓了一下，道：「閣下須活著，莫徒然浪費他人心意。況回歸輪迴之中乃值得高興之事，忘記前生一切以迎新生。但凡相逢和分離都不應悲傷以對，尤其是你和他。」

崔判官留下這些話後，便像一陣煙般消失無蹤了。

蟲哥走上前來，擔憂道：「你沒事吧？」

「嗯……」

「我呈報上去，說幫主已經死了，只是沒有屍體真的很難說服他們。」蟲哥拉了張椅子坐下。「而琛哥……目前沒有他的行蹤，我想他可能伺機等著再度壯大他的勢力吧，畢竟沒了青道幫的財力應該很難做事。」

卡士伯——已經回到小鬼的身體裡——從病房外頭探頭進來，左看右看之後才跑進來，一臉僥倖道：「呼，我一直等那個判官離開才敢進來，怕被他發現我是孤魂野鬼順便帶我下地獄。」

蟲哥溫和道：「這傢伙的事我也已經知道了，他的戶籍什麼的就交給我來處理吧。這時候條子的特權是很好用的，哈哈。」

「謝謝。」

蟲哥搔著頭髮道：「唉，我也不知道該怎麼安慰人。只是……組長他很擔心你，他一直撐到醫院確認你已經無大礙之後才不得不離開，他的力量已經不足以讓他待在人間。」

卡士伯在一旁猛點頭。

蟲哥緩緩地敘述著：「他還要我跟你說，下次見面如果你們還認得彼此，希望你不會變成作奸犯科的罪犯。」

「呵呵……」我不禁笑出聲，「他早就說過了。」

卡士伯嘲笑道：「你這副德性，還不就是小混混？那位組長要是再見到你，一定會大嘆白白浪費了他兩條魂魄……嗚！」

蟲哥連忙摀住了卡士伯的嘴巴罵道：「你真是狗嘴裡吐不出象牙！」

「不會再見了……」

「什麼？」

我閉上眼睛，將臉埋入枕頭裡道：「不會再見了。」

心臟平穩地跳著，胸口漸漸有股滾燙的感覺。我突然覺得心痛如絞，為了失去一個重要的人。

蟲哥帶著卡士伯離開，以防他又說了蠢話刺激我。

病房一下子變得空蕩蕩。仔細一想，我竟然已經不記得上次獨處是什麼時候了。我喜歡吆喝朋友出去鬼混，每天玩到三更半夜，因為獨處會讓我無所適從，雖然是自己決定要搬出去，但不管到哪裡都讓我一樣的寂寞。

死鬼的出現驅走我的空虛。並不是如同電影般精采刺激的事件充實了我的生活，而是死鬼從根本填補了我心中的空洞。

如今，死鬼的離開或許會帶走一些東西，空缺的部分我會永遠記著，曾有個人在我的生命裡雋刻下影響我一輩子的記號。

現在我最遺憾的，就是沒能跟死鬼說出我心裡的話。謝謝，對不起，還有很多很多……我想他應該能明白吧？

病房裡一片雪白，空蕩得讓人幾乎要窒息了。我拔掉手上的軟針和梗在喉嚨裡怪不舒服的鼻胃管，披上外套，扶著牆壁慢慢走了出去。

走出醫院大門，迎面而來的是洶湧的人潮。形形色色的人們，焦急的、悠閒的、跑業務的、逛街的，在人行道上來回穿梭。唯一的共同點是，他們都朝著自己的目的地邁進。

這麼多人從我身邊走過，沒有一人駐足。

是啊，就算我再悲傷難過，世界也不會因此停止轉動，人潮依舊毫不停滯地奔流向前。就算我不願意，還是被人潮擠得不得不前進。

我感受著人們的生命力，就算是引擎的咆哮也無法掩蓋生命流動的聲音。

我抬起頭，瞇著眼睛看著異常晴朗的天空，萬里無雲，沒有一絲陰霾。在這烏煙瘴氣的城市裡，竟然還能看到如此澄澈的天空。

我很好，我知道你也好，如此就行了。

——《Phantom Agent 幽靈代理人05》完

——《Phantom Agent 幽靈代理人》全系列完

Sidestory

再一次……

「菜鳥！有人報案說橋下那裡有醉漢打架，你們兩個最菜的去！」包公大聲吆喝著。

……媽的！我走向武器保管室心裡邊暗罵，這種小事才叫我去，有好康的就你們去，害我考績一直不上不下。你們這些老禿頭才應該多去跑跑，難道警察的裝備裡有游泳圈嗎?!

我領了槍，穿上背心後直接走到後門騎車，小林已經在那等了。一見到我，他開口也是開始罵那些自以為資深而欺壓新人的老鳥。

我只能安撫他道：「不管哪裡都是這樣的啦。」

我和小林是同一屆從警校畢業，結訓後便分發到了市區一間派出所，但由於我年紀比他大上幾歲，一向都被當成前輩看待，因此不便跟他一起罵上司，只能嘴上安撫、心裡一起幹譙。

我三十出頭才當上最基層員警，當初為了考警校我多花了幾年念書，從國中的課程開始念……沒辦法，之前程度太差了。

蟲哥本來想利用他的職權讓我直接去總局幹內務，不過我當警察並不是為了處理文書。雖然一般員警的書面報告也不算少，執勤回去要報告、開了一槍要報告、警車刮壞了也要寫報告……林林總總，一個月的報告不下十份。

看來我以前還真是太小瞧警察這份職業了，本以為那人這麼死腦筋都可以幹到幹部，我大概也差不多。結果，我現在已經是他當年那個歲數了，只能整天抓蹺家少年。

不過，我對這份工作並無怨言。每當套上藍色制服，我就感覺自己離他更近了一步，我也能自信地說我用自己的方式努力生活著。

「對了，你不是說你家那隻狗生病了？牠年紀這麼大，該不會是要掛掉了吧？」小林問道。

我沒好氣將安全帽往頭上扣，罵道：「那隻賤狗不是生病啦！醫生說牠只是思春所以悶悶不樂。我為了抓牠去看獸醫差點沒被咬死。」

賤狗還是賤狗，只是我最近開始對牠感到有點害怕——牠的歲數已經遠超過狗的平均年齡了，在我剛遇到牠時就已經是條老狗，而這麼多年之後，除了外表增加更多皺紋，牠的精神和脾氣完全沒變。我有足夠的理由相信牠是外星人。

小林心有戚戚焉：「其實我覺得你家那隻狗已經成精了，狗妖……不，是狗精！」

同樣沒變的還有其他事，例如青道幫。

那時最終決戰無故消失的琛哥，果然在幾年後捲土重來，雖然比不上當年的聲勢，但青道幫依舊是國內最大黑幫。

蟲哥還是鍥而不捨地偵辦青道幫的案件，只是現在他動口就好，不必親自上陣。蟲哥的官運不錯，現在已經升到比我高上十級不只的位置，身邊還有個蟲嫂和三個小蟲。

我跨上機車正要發動時，手機響了。我看了一下來電，對小林抱歉道：「不好意思，等我一下。」

「幹嘛啦，死胖子！」我一接起就罵道：「就跟你說我執勤時別打來！」

「哈哈，你又要執勤喔？」胖子大聲笑道：「我們要去釣魚，你來不來？」

「就跟你說我在執勤！」

胖子、阿屌、小高、菜糠，他們都有各自的事業，胖子和阿屌合開了酒店，當然是合法登記的那種，而小高繼承他爸的電器公司，菜糠幫忙家裡的化妝品代理。

過去的年少輕狂早已不復存在，我們也在時間洪流裡被迫走入現實，但這樣沒什麼不好，只是跟他們說我要重考念警大時，他們都以為我瘋了，過了好一陣才接受事實。

卡士伯現在是大學生，當初老爸還以為他是我的私生子咧！後來正式收養他成為我的弟弟。隨著他年紀增長，似乎漸漸淡忘了死前的過去，這應該代表他和那個身體越來越契合了吧？

我發動機車，打開了龍頭和車屁股的警示燈，和小林加速前往報案地點。

到了橋墩下，遠遠的就看見一群人圍在旁邊看熱鬧，一見我們就自動讓開了路。

只見水泥地上一片狼藉，酒臭味濃到幾乎要結塊了，兩個人躺在地上，都已經不省人事，臉上青一塊紫一塊的，還發出打呼聲。

「有沒有人見到怎麼回事？怎麼開始的？」我問人群道。

馬上，大家興奮地你一句我一句、七嘴八舌地想要告訴我事發情況。

我拿著平板記錄，但人多嘴雜的我根本無從下手。

「吵死了！」我罵道：「是誰報案的？還在不在！」

「是我。」一個年輕的聲音慢條斯理地響起。

人群中走出一個高中生，身材高䠷，制服燙得相當平整卻不顯死板，頭髮梳得一絲不苟卻不顯得老氣，五官也相當端正，透著一股優秀的氣味。

只是個隨處可見的學生。

「是我報警的。」高中生道。

我招呼他走過來問道：「你有看到怎麼開始的嗎？」

高中生指著地上兩人道：「他們兩人本來在討論女人，後來發現對方都去同一家酒店包養同一個小姐，所以就打起來了。」

「嘖，真是麻煩……」我邊記錄邊碎念著。「小林，把他們兩個叫醒。」

「醉成這樣，大概到明天都不會醒吧。」小林苦著臉說。

「沒辦法，不把他們叫醒我們也不能離開，要帶他們回去才行。」我蹲下來，猛力搖晃躺在地上發出猶如打雷般鼾聲的醉漢，「快給我起來！要不然讓你們拘留個二十四小時再走！」

任憑我和小林如何搖晃鬼吼，這兩人的眼皮連動都沒動一下。

「他們要是不醒來，我們不就得一直待在這？我還有報告沒打耶。」小林抱怨道。

我想了一下，道：「你回去開車來，把他們請回去喝醒酒茶。我在這裡等。」

小林走後，我先跟局裡報告情況，接著就可以翹著二郎腿玩我的 iPhone 24 plus 等車來。

現在是六月的盛夏時節，不過河堤旁倒是挺涼爽的，微風徐來，午後的陽光映照得河面波光粼粼。晚餐吃牛肉麵好了……

忽地感覺到一股視線，我連忙站起身。差點忘了還在執勤中，要是偷懶被熱心民眾發現，順便幫我拍照寄給媒體就糟了。

四周圍觀的人早就走光了，只剩下我、兩個醉漢和報案的高中生。

高中生站在一旁，面無表情地盯著我。

我咳了一聲，問道：「有事？」

「沒什麼，我要確定你們把事情處理好。」高中生道。

他的語氣好像是警方辦事不力的樣子，讓我聽了心裡老大不爽。

我倏地想起一件事，奇怪問道：「小弟，現在這種時間，你不是應該在學校？」

「你終於想起來了，這件事不是一開始就該問了嗎？」高中生似笑非笑地說。

我被他搞得一肚子火，決定拿出公權力招呼他。「什麼學校的？蹺課齁？這種時間在外面遊蕩，你皮癢啊？」

高中生正色道：「我是T高的。」

我一愣，T高不是很有名的精英學校？而且我沒記錯的話，T高在隔壁市，離這裡坐車起碼要一小時。

「你跨區也跨太遠了吧？你等一下跟我回去，我打電話讓你父母來認領。」

「我來這裡找人。」

「找女朋友？」

「找你。」

「蛤？」我瞪著眼睛問：「找我做什麼？我可不是少年隊的。」

高中生驀地沉默下來，一語不發，直勾勾地盯著我瞧。

我心中響起警報聲，這高中生一定有什麼苦衷吧，家暴或校園霸凌？要不就是課業壓力大想自殺？

我溫聲道：「你有什麼事就儘管說出來，我一定會幫你。」

高中生愣愣地看著我，然後「噗哧」笑了出來。雖然帶著點嘲諷，但他有著相當好看的笑容。

「你……」高中生開口，「真的一點都沒變，如同我記憶裡一樣。」

「你認識我？」我完全沒有見過這個高中生的印象，只覺得他身上散發著詭異的氣息，應該是念書念到頭殼壞去了吧？

「你一定在想，我是念書念到精神錯亂之類的吧？」高中生戲謔地說。

糟、糟糕！我表現得太明顯了？我連忙想否認，省得被告。

「你放心，我不會告你。」在我開口前，高中生又道。「其實我也覺得自己很奇怪，花了這麼久的時間找人，卻始終沒發現他近在咫尺……」

再度被他猜中我心裡的想法，我只想著之前有個前輩去調解家庭糾紛，因為說了句「離婚算了」，就被那對無腦夫妻控告妨礙家庭……

「看來這段時間你過得不錯。」高中生問道：「你還想不起來我們的關係嗎？」

我拚命地想著自己在年輕時是否有了什麼露水情緣。這小子看起來不過十六、七歲，十六、七年前我還是個純情在室男咧！

「我不是你爸爸。」我嚴肅道。

高中生面露不耐道：「你雖然沒成為罪犯，但腦袋還是一樣不靈光。」

我心中一動，這句話……

「你沒感覺嗎？見到你的時候，我都能感覺到自己心裡的激盪。」

他這番像是上個世紀小說的對白讓我的腦袋裡一炸。

這種觸動靈魂深處的騷動是什麼？我的靈魂彷彿起了共鳴，鼓譟著、吶喊著，為什麼在這個高中生的身上我會感覺到多年前消逝的那個人的氣息？

「你、你幾歲？」我在問話時喉嚨都發乾了。

「十六，高一。」

年齡也符合……高中生說話的語調、微笑時眼睛瞇起的樣子，還有總是帶著些不屑的態度，竟然都和那個人如此相似！

那個擅自闖入我的生命卻又丟下我的人……那幾個月的相處在我人生不過稍縱即逝，回想起來卻歷歷在目，在我心裡留下不可抹滅的痕跡。

從那之後，我很少再想起那個人……應該是說我無暇想起他。只有偶爾在夜深人靜時，他會從我的回憶走出來，模糊卻真切的，似乎在跟我訴說些什麼，然後在我醒來之前又歸於平靜。

我總是不記得夢境內容，只能依稀想起環繞在身邊那舒服的氣息。每當這時候就會讓我心裡的波動久久不能止息。

高中生看著我，原本些微輕佻的表情消失無蹤，取而代之的是溫柔且無奈的微笑：「我可以將你的表現視為喜極而泣嗎？」

這時我已經淚流滿面。

他站在離我幾步的地方，風吹得他的頭髮不住飛揚。波光在他身後閃爍，炫目的似乎有些虛幻，那人卻是真真實實存在的，有血有肉。

在淚眼模糊中，他緩緩開口。

「我回來了。」

——番外〈再一次……〉完

高寶書版集團
gobooks.com.tw

輕世代 FW213

Phantom Agent幽靈代理人05(完)

作　　者　胡椒椒
繪　　者　霞野るきら
編　　輯　林紓平
校　　對　林思妤
美術編輯　彭裕芳
排　　版　彭立瑋
企　　劃　陳煒翰

發 行 人　朱凱蕾
出　　版　英屬維京群島商高寶國際有限公司臺灣分公司
　　　　　Global Group Holdings, Ltd.
地　　址　臺北市內湖區洲子街88號3樓
網　　址　www.gobooks.com.tw
電　　話　(02) 27992788
電　　郵　readers@gobooks.com.tw（讀者服務部）
　　　　　pr@gobooks.com.tw（公關諮詢部）
傳　　真　出版部　(02) 27990909　行銷部 (02) 27993088
郵政劃撥　19394552
戶　　名　英屬維京群島商高寶國際有限公司臺灣分公司
發　　行　希代多媒體書版股份有限公司/Printed in Taiwan
初版日期　2016年11月

國家圖書館出版品預行編目(CIP)資料

Phantom Agent幽靈代理人 / 胡椒椒著.-- 初版. -- 臺北市：高寶國際, 2016.11-
冊；　公分. --

ISBN 978-986-361-340-4(第5冊：平裝)

857.7　　105003971

三日月書版

三日月書版

GOBOOKS
& SITAK
GROUP©

GOBOOKS
& SITAK
GROUP©